한국문학과 영상예술의 서사미학

한국문학과 영상예술의 서사미학

이종호

문현

펠릭스 가타리(Félix Guattari)는 '누구에게나 자신에게 어울리는 무의식을 가지고 있다'고 말한다. 그러면서 그는 무의식이 우리 주위 어디에나, 즉 사람들의 몸짓에도, 일상적 대화에도, 텔레비전에도, 축구경기장에도, 자동차에도, 기상징후에도, 심지어 당면하고 있는 문제에도 존재한다고 한다. 성적 리비도나 가족관계로 환원하는 프로이트의 무의식 개념이 20세기를 열광시키며 근대의 에피스테메로 자리 잡았다. 그런데 그러한 사유구조에 균열을 내고 있는 사람들이 바로 가타리나 질 들뢰즈(Gilles Deleuze)이다. 그들의 계보를 여기 상세하게 언급할 필요는 없지만, 본질 / 현상, 주체 / 객체, 주류 / 비주류, 혹은 중심 / 주변의 이분화의 대립적 관점에서 보자면, 그들의 계보는 분명 중심에서 벗어난 주변에 뿌리를 두고 있다. 아마도 문학은 말할 것도 없고, 영상예술도 시뮬라크르 혹은 '이미지'는 환영에 불과하다는 의혹의 덧칠로 인해 주변부에 떠돌 수밖에 없는 예술 형식이었다.

그러나 '지금 - 여기'의 영상예술은 '테크놀로지-산업'과 손을 잡으면서 대중예술의 중심으로 그 위상을 과시하고 있다. 그만큼 '지금 - 여기'의 사람들은 영상에 열광하고 있고, 그 영상으로 들어가 '영상

속의 나'가 되기 위해 목말라 한다. 이런 측면에서 보면 영상예술이 프로이트를 전도한 가타리-들뢰즈의 무의식 개념이 참임을 입증할 수 있는, 가장 적절한 매개일지도 모르겠다. 무의식이 리비도나 가족관계를 근원으로 하지 않고, 무엇과 이웃하고 있는가, 또는 무엇과 접속하고 있는가에 따라 생산되고 있는 것이라면, 이러한 사유는 인간에게는 혁명적 선물임에는 틀림이 없다. 더 이상 무의식에 주눅들 필요가 없기 때문이다. 마치 인간에게는 죄의식에서 벗어날 자격이 없고, 그 자격은 오로지 신에게만 있어서 인간은 늘 신에게, 또는 종교에 주눅들어 있던 처지가 한 번에 역전되는 것과 같은 이치이다.

아무튼 문학이든, 영상예술이든 긍정적이고 생명력을 확산하고 강화할 수 있는 무의식을 생산할 수 있는 그 무엇(들)이 우리에게는 절실하다. 이러한 간절함은 '지금-여기'가 너무 파괴적이고 폭력적이라는 데서 솟아나는 기원이다. 자본이 생산한 인간의 무의식과 욕망이 거대한 순환계를 향해 증식욕을 더욱 팽창해 가고 있다. 다양한 생명체 가운데 극히 일부분에 지나지 않는 인간-생명체가 거대한 순환계의 고리를 하나하나 잠식하고 있는 형국이다. 인간-생명체가 잠식 분열을 일으켜 다른 생명체를 공격하여 파괴하고 전멸시키는 지경에까지 이른 것이다. 그것도 자본의 노예가 되어서 말이다. 그러한 파괴적 증식이 인간을 위한 일도 아니다. 그러한 파괴적인 무의식을 자본이 생산했다면, 이제는 특히 문학과 영상예술이 거대한 순환계에 공속하고 있을 뿐인, 인간의 생명체를 다양한 생명체의 한 '속'으로 다시 돌려놓을 수 있는 무의식을 생산해야 한다. 그리하여 자본적 가치들을 깨뜨리고 비자본적이라고 하더라도 순환계의 순환운동, 생명체의 생명운동이 활발하고, 스스로 그러하게 이루어질 수 있도록 해야 한다.

　그러나 '지금 - 여기' 우리는 그렇지 못한 것 같다. 이미 영상을 자본 증식의 수단으로 전락시키고 있는 사례가 허다하기 때문이다. 그렇더라도 특히 문학이, 영상예술이 생명운동의 무의식을 생산하는 데 그 동력을 제공해야 한다. TV 속에서 고교생이 외제차를 몰고 다니고, 명품 옷을 빼입고, 심지어 재벌가끼리의 정략결혼을 위해 약혼까지 하며, 더욱이 살인을 꿈꾸는 모습을 보며 성장기를 보내는 사람과 인간이나 생물체의 특권적 지위를 제거하고 생물과 무생물, 기계 등 순환계와 특별한 관계를 체험하며, 문학이나 영상예술을 통해 일반 생명체, 혹은 순환계로 확장해 가는 관계맺기를 보며 성장기를 보내는 사람의 무의식이 과연 동일할까? 이 책은 문학이 영상예술로 '되기 / 생성'을 시도한 텍스트를 분석 대상으로 삼았다. 문학을 접하기보다 영상을 접하는 사람들이 더 많다는 것을 유념한다면, 이제는 문학의 영상화 작업도 더 활발하게 이루어져야 한다. 그래서 문학이 영상예술로 새롭게 생성한 작품들을 본격적으로 다룬 연구서를 내놓기 전, 우선 우리의 설화가 다양한 영상예술로 생성된 경우, 현대소설이 텔레비전 드라마로 생성된 경우로 나누어 대표적인 텍스트를 선정하여 분석하여 이 책에 담았다. 그리고 전체 구성 방향에서는 어긋나지만, 동화 또는 소년·소녀소설 분석 내용도 한 편 실었다. 이는 방법론에서 영화적 기법을 일부 차용한 때문이기도 하지만, 본격적인 동화 역시 우리의 무의식을 새롭게 생산할 수 있는 예술적 지반이라는 점을 드러내려는 의도 때문이다. 이 저서 출간을 계기로 문학과 영상예술이 통섭하는 현-장을 자세하게 들여다볼 계획이다. 그래서 더 전문적이고 필요한 연구서를 내겠다는 다짐으로 이 저서가 갖는 부족함을 메우고자 한다.

어려운 출판시장 여건임에도 이 저서를 흔쾌히 출간해 주신 문현출판사 한신규 사장께 깊은 감사의 마음을 전한다.

2013년 10월 20일
단월 연구실에서

Contens

제1부

「오세암」 이야기의 차이화 양상과
그 생성의 미학

Ⅰ. 서 론

「오세암」은 설화(전설)로서 강원도 속초·양양·인제·영월 지역과 경상북도 상주·달성 지역에서 구비 전승되고 있는 옛이야기이다.[1] 이 전설 「오세암」은 창작동화[2]와 영화[3], 드라마[4], 애니메이션[5], 뮤지컬[6] 등으로 생성되어 독자나 시청자, 관객들에게 적지 않은 반향을 불러일으켰다. 이야기의 이러한 생성은 우리의 삶과 밀접한 관련을 맺는다. 생성 곧 이야기의 차이성은 삶의 접속 양태에서 비롯하기 때문이다. 여기에서 삶과 이야기의 관계를 따져볼 필요가 있다. 우리의 삶이란 따지고 보면 '-임(be)'의 상태에 그냥 머물러 있는 고정된 존재(being)가 아니라 '-됨(becom)'의 과정, 즉 어떤 것이 다른 것으로 되는 과정(becoming)이라고 할 수 있다. 그리고 이 과정에서 삶은 사물들의 만남과 접속을 통해 생성 혹은 변이된다. 우리의 욕망 역시 이와 마찬가지로 '결여와는 무관한 생산,

---

1) 한국정신문화연구원, 『한국구비문학대계』(2-4) 강원도 속초시·양양군편(1), (2-5) 강원도 속초시·양양군편(2), (2-8) 강원도 영월군편(1), (2-9) 강원도 영월군편(2), (7-9) 경상북도 상주군편, (7-14) 경상북도 상주군편.
2) 정채봉, 『오세암』, 창작과비평사, 1986.
3) 박철수 감독, 《오세암》, 태흥영화주식회사, 1990.
4) 이강현 연출, 《五歲庵》(傳說의 故鄕), KBS, 1999.
5) 성백엽 감독, 《오세암》, 마고 21, 2002.
6) 이광열 극작·연출, 《오세암》, 극단예일, 2004.(2004년 3월 19일~30일에 서울교육문화회관대극장에서 초연함.)

실재를 생산하는 현실적 생산[7])으로서 자아에 선행하며, '끊임없는 순환만을 고집하는 운동[8])이고 만남과 접속을 통해 늘 새롭게 생성되는 지속적인 과정일 뿐이다.

삶이 이야기라고 할 수 있다면, 이야기 역시 만남과 접속을 통해 생성되고 변이되는 과정을 거친다. 이야기는 곧 소통하고자 하는 욕망을 생산한다. 삶이 그렇듯이 이야기는 끊어지거나 멈추어지는 법이 없다. 끊임없이 소통을 욕망하고 이 욕망이 이야기를 반복해서 생성한다. 이때의 반복이란 동일성이나 유사성의 지속적인 출현, 또는 되돌아옴을 의미하지 않는다. 이야기는 차이를 속성으로 하고 그 차이가 반복되는 것이다. '반복은 차이를 통해서만 가능하다. 즉 반복은 차이 자체로부터 생산되며 따라서 반복은 개념 없는 차이로 정의된다.'[9]) 결국 차이와 반복은 '동일자와 표상의 영역에서 벗어난 '차이 그 자체'와, 이러한 차이를 시간적으로 펼쳐나가는 과정으로서 '그 자체의 반복'[10])을 의미하는 것이다. 이러한 관점에서 볼 때 '문학(예술)은 통일성을 전제하는 보편적인 것이 아니라 이질적인 것들이 서로 연접하는 곳으로 연장되는 특이성들의 집합을 찾는 과정이다.'[11]) 「오세암」 전설이 다양한 장르나 매체로 생성되고 소통되고 있다는 사실은 이야기의 이러한 속성을 잘 보여주고 있다.

본고에서는 전설 「오세암」과 창작동화, 영화, 드라마, 애니메이션

---

7) 김필호, 「질 들뢰즈와 펠릭스 가타리의 욕망이론에 대한 연구」, 서울대 학교대학원 석사학위논문, 1996, 33쪽.
8) 서동욱, 『들뢰즈의 철학』, 민음사, 2002, 167쪽.
9) 서동욱, 위의 책, 118쪽.
10) 김필호, 앞의 논문, 14쪽.
11) 정정호 편, 『들뢰즈 철학과 영미문학 읽기』, 동인, 2003, 76쪽.

등을 담론층위에서 스토리의 구조를 분석하고자 한다. 서사적 담론 구조의 특성을 밝히기 위해서는 스토리(플롯) 분석이 일차적이어야 한다는 전제 때문이다. 뮤지컬 「오세암」은 분석 대상에서 제외했다. 그 이유는 분석 대상의 선정 기준이 매체와 장르였기 때문이다. 극단예일과 접촉하여 뮤지컬 대본은 구할 수 있었으나, 실연된 뮤지컬 영상 자료를 구할 수는 없었다. 대본은 그 자체로 완결된 문학적 장르이긴 하지만 그것은 어디까지나 또 다른 행위 텍스트, 즉 상연을 전제하고 있기 때문이다. 영화나 드라마, 애니메이션과 대응되는 예술의 하위 갈래는 실연된 뮤지컬인 것이다. 영화, 드라마, 애니메이션 등과 같이 뮤지컬 역시 인물들의 행위나 목소리, 의상, 무대장치, 소품, 음악, 분장, 조명 등 그 구성 요소에 따라 의미의 생성과 해석이 다양할 수 있는 변인을 갖추고 있기 때문이다. 위에서 밝혔듯이 예술 작품은 어느 한 요소로 환원하여 본질로 동일화할 수 없는 것이다. 따라서 본고에서는 창작동화나 영화, 드라마, 애니메이션 작품에 전설이 어떻게 수용되었는가에 초점을 맞추어 동일자를 찾아내어 일반화하는 구조주의적 관점을 지양한다. 적어도 각각의 작품이 전설인 원천자료, 그리고 그를 바탕으로 한 창작동화와 같은 이차자료와 어떻게 차이를 만들어내고 있는가에 초점을 맞추어 이들 작품을 분석하고자 한다. 각 작품의 재생성 과정을 보면 '① 전설 → 창작동화 → 애니메이션'과 '② 전설 → 창작동화 → 영화', '① 전설 → ② 창작동화 → ③ 드라마'의 세 계열로 나누어 볼 수 있다. 이로 볼 때 드라마, 영화, 애니메이션 등은 창작동화의 또 다른 재생성 작품들이라고 할 수 있다. 이는 끊임없는 생성, 변화, 변이가 결국 이야기의 본성임을 잘 드러내주고 있는 것이다.

복수적인 것(the Multiple)을 굳이 어떤 고정된 동일자(the One)로 환원하는 일은 생성적 힘을 약화시키는 행위이다.

역사소설에서도 '작가 - 서술자의 역사적 맥락이나 이데올로기적 입장을 간과할 수 없듯이'[12] 전설 「오세암」 원천자료를 새롭게 변형시킨 창작동화 「오세암」이나 전설과 창작동화를 재생성시킨 영화, 드라마, 애니메이션 등에서 먼저 천착해야 할 점은 작가나 감독들이 자신의 실존적 이해의 구조 속에서 원천자료와 이차자료를 어떻게 이해하고 있느냐 하는 문제이다. 전설 「오세암」이 다섯 살 먹은 아이의 성불 과정에 초점을 맞춤으로써 당대 민중들의 사회적 상황이나 역사적 맥락과 의존적 관계에 있듯이, 창작동화와 영화, 드라마, 애니메이션 역시 작가나 감독(연출가)들의 실존적 지평 내에서 생성되었다고 볼 수 있다. 이는 서사구조가 어떻게 다른가를 먼저 분석해야 한다는 당위의 문제를 제기한다.

따라서 본고는 전설 「오세암」과 창작동화, 영화, 드라마, 애니메이션의 「오세암」의 서사구조의 특성을 비교 분석하면서 그 차이성을 드러내는 데 주된 목적이 있다. 물론 그 차이성은 일차적으로 매체나 장르의 특성까지를 포함한 작가나 감독(연출가)의 사회적, 역사적 맥락과 그들의 관념적 태도에서 비롯한다.

전설 「오세암」과 정채봉의 창작동화 「오세암」, 성백엽 감독의 애니메이션 「오세암」에 관한 연구는 그리 많지 않다. 대표적인 학위논문으로는 김종민의 「「오세암」의 생산적 수용 양상 연구」'[13]와 정

---

12) 이종호, 〈洪命熹의 『林巨正』 硏究〉, 『語文硏究』 133호, 한국어문교육연구회, 2007, 269쪽.
13) 김종민, 「「오세암」의 생산적 수용 양상 연구」, 청주대학교대학원 석사

소은의 「애니메이션 〈오세암〉의 아동매체로서의 의미분석」14), 박성철의 「정채봉 동화 「오세암」과 애니메이션 〈오세암〉 비교 연구」15) 등이 있다. 먼저 김종민의 연구에서는 정채봉의 「오세암」과 애니메이션의 「오세암」을 수용 양상의 측면에서 분석하고 있다. 그런데 이 논문은 서사와 주제의 변이를 기준으로 양자의 관계를 해명함으로써 도식적이라는 한계를 지니고 있다. 그리고 정소은의 연구는 정채봉의 「오세암」와 애니메이션 시나리오 「오세암」을 비교 분석하여 인물의 교육적 의미를 도출하고 있다. 여기에서 연구자는 '길손'의 동심에서 나타나는 보수성을 부정적으로 평가하고 있다. 이 연구에서 재고해야 할 점은 정채봉의 창작동화와 애니메이션 시나리오를 비교분석한 것인지, 창작동화와 애니메이션을 비교분석한 것인지 명확하지 않다는 점이다. 분명 시나리와 애니메이션은 대등하게 분석 대상으로 대치될 수 없겠기 때문이다. 또한 애니메이션에 등장하는 '길손'의 동심이 과연 보수적이냐, 보수적이라면 그때 보수는 무엇을 의미하는지, 보수는 무조건 거부의 대상이 되는 것인지가 정확하게 해명되지 않고 있다. 다음으로 박성철의 연구는 창작동화 「오세암」과 시나리오 「오세암」, 애니메이션 「오세암」의 매체별 변환 과정과 서사방식을 비교적 치밀하게 분석하고 있다. 특히 애니메이션 분석은 향후 한국 애니메이션을 개선하고 발전시키는 데 필요한 시사점을 제시하고 있다.

학위논문, 2005.

14) 정소은, 「애니메이션 〈오세암〉의 아동매체로서의 의미 분석」, 성균관대학교대학원 석사학위논문, 2004.

15) 박성철, 「정채봉 동화 「오세암」과 애니메이션 〈오세암〉 비교 연구」, 부산교육대학교육대학원 석사학위논문, 2008.

이상의 논문에서 제기되는 문제점은 각 장르나 매체별 비교 분석
이 종합적으로 이루어지지 않았다는 점이다. 연구 대상이나 비교
대상이 너무 한정되어 있다는 것이다. 일차적으로 각 장르의 「오세
암」이 어떠한 서사구조로 소통되고 있는지를 종합적으로 비교하여
분석하려는 이유는 담론층위의 다른 요소나 서술층위를 분석하기
위해서는 반드시 이 연구가 전제되어야 하기 때문이다. 또한 이 점
이 스토리를 분석하는 중요한 이유이기도 하다.

Ⅱ. 본 론

1. 구도의 자세와 자비심의 서사화

먼저 전설 「오세암」의 주요 서사소를 『한국구비문학대계』를 중심으로 정리해 보면, 다음과 같다.

① (설정)스님이 양친을 여읜 어린 조카를 데리고 와 키우고 있었음.
② 암자는 겨울철에 대설이 오면 움직이지 못하기 때문에 초가을에 월동할 준비를 해놓아야 함.
③ 혼자 있는 게 무섭다는 어린 조카에게 무서우면 관세음보살만 찾으면 된다고 달래어 그 조카를 암자에 홀로 두고 월동할 양식을 구하러 마을로 내려옴.
④ 스님이 양식을 구하다 보니 밤중이 되었는데, 눈이 쏟아지기 시작하여 다음 날 아침에는 계곡이 안 보일 정도로 눈이 쌓였고 몇 날을 계속해서 눈이 내려 눈이 녹는 이듬해까지 암자에 오를 수 없게 됨.
⑤ 이듬해 봄, 스님이 서글픈 마음으로 암자를 올랐는데, 어린 조카가 살아있기에 어떻게 된 일인지를 물었더니, 어머니(관세음보살님)가 매일 와서 젖도 주고 함께 놀아주었다고 함.
⑥ 미륵봉에서 선녀가 내려와 아이의 머리를 쓰다듬으며, 경전을 주고는 청조(靑鳥)가 되어 날아감.
⑦ 다섯 살 된 아이가 득도했다하여 암자를 오세암이라고 부름.

이들 서사소 중에서 ①의 스님의 정체와 ⑥의 미륵봉에서 내려온 선녀 관련 내용은 각 지역마다 상이하다. ①의 경우 지역에서 전승되고 있는 전설에 따라 막연한 스님으로 등장하거나 설정 스님이라는 고유명사로 등장하고 있다. ⑥의 서사소는 지역에 따라 나타나기도 하고 나타나지 않기도 한다. 그런데 전설은 민중의식과 밀접하게 관련되어 있는 서사체이다. 그런데 '언어의 기초단위인 언표는 명령어이다.'[16] 이는 '언어활동의 본질은 명령이며, 언어는 의미작용이나 정보의 전달, 의사소통에 관계된 것이 아니라 명령에 관계된 것'[17]임을 의미한다. 이러한 관점에서 언표 주체와 언표행위 주체를 구별하여 전설 「오세암」 담론체계에 주목할 필요가 있다. 이 담론 구조에서 언표 주체는 (설정)스님과 다섯 살 난 아이이다. 그리고 지배적인 서사소는 다섯 살 난 아이의 행위이다. 한편, 언표행위의 주체는 민중이다. 이 담론을 전승하는 주체는 곧 민중인 것이다. 그런데 이 전설의 서사담론이 정치적 지배계층에서 형성되어 전승되었는지, 아니면 스님들의 차원에서 만들어졌는지, 또는 민중들 사이에서 자생적으로 발생했는지는 알 길이 없다. 다만 전설과 같은 담론체계는 언표 주체가 언표행위 주체에게 미치는 의도나 영향이 무엇보다 중요하다.

전설 「오세암」의 주요 서사소에서 '다섯 살 난 아이'와 '관세음보살님'의 관계는 언표행위의 주체와 관련해서 매우 중요한 의미를 지닌다. 이 전설에서 유독 '관세음보살님'이 자주 등장하는 것은 이

---

16) 질 들뢰즈/펠릭스 가타리, 『천개의 고원』, 김재인 옮김, 새물결, 2003, 147쪽.
17) 이진경, 『노마디즘』 1, 휴머니스트, 2007, 263쪽.

전설이 관음설화 계열이며 적어도 관음신앙과 관련되어 있다는 것을 드러내 주는 지표이다. '관음신앙은 일찍부터 신라에 전래되어 토착신앙화하였고, 고려와 조선시대를 거치면서 관음영험담류의 문헌이 계속 간행되어 관음보살에 대한 신앙이 폭넓게 확산되고 지속되었다.'[18] 관음보살은 우리 선인들에게 가장 가깝고도 친근한 구세주였다. 그리하여 민중들은 고통스럽고 어려울 때마다 관음보살님을 찾고 믿었으며, 자비를 구하였고, 자유자재로운 화신으로 현실에 나타나 고난과 고통에서 구제해 줄 것을 기원하였던 것이다. 이러한 관음신앙은 전설 「오세암」의 담론체계가 생산하는 의미를 밝히는 중요한 단서가 될 수 있다. 그리고 실제의 '오세암'이 백담사의 부속암자이고, 선덕여왕 때 자장이 지어 언제나 관세음보살의 도량이 함께 하는 절이라 하여 관음암이라 하였다는 기록과 1643년 인조 때 설정 스님이 중건을 하여 '오세암'으로 암자 이름을 바꾸었다는 기록 역시 「오세암」 전설의 담론체계가 언제 형성되었는지 가늠해 볼 수 있는 근거가 되는 동시에 의미를 생성하는 맥락으로 작용할 것이다.

주요 서사소를 중심으로 보면 이 전설은 구도 혹은 구원의 삶을 일깨워주고 있다. 먼저 다섯 살 난 아이가 홀로 암자에 남아 무서움과 두려움에 떨며 법당에 쪼그리고 앉아 스님이 시킨 대로 '관세음보살님'만을 찾았을 그 간절함, 진정성이야말로 부처님의 법을 깨닫는 바탕임을 암시하고 있다. 그리고 '관음보살은 대자대비를 근본서원으로 하여 33신, 32신의 변화신으로 화신하여 고통 받는 중생

---

18) 인권환, 『한국불교문학연구』, 고려대학교출판부, 1999, 305 - 306쪽.

을 구제하는 救世大師, 大悲聖者다.'[19] 따라서 관음이 여인으로 화신하여 아이를 구원했다는 ⑤와 ⑥의 서사소는 관음보살의 자비심을 서사화했다고 볼 수 있다. 관음보살은 대부분 여인으로 화신하는데, 이는 모성애 바탕을 둔 여인의 자애로움이 관음보살의 중생에 대한 자비와 상통하기 때문이며, 관음상이 여인의 모습으로 되어 있는 것도 같은 이치라고 할 수 있다. 이러한 「오세암」의 담론체계는 물론 '신앙의 관점에서 구도자의 순수한 믿음과 이에 응답하는 관세음보살의 자비가 강조되어 있다'[20]고도 할 수 있지만 그것보다는 언표행위의 주체가 구도의 올바른 자세, 관세음보살의 자비로움을 일상적 삶 한 순간 한 순간에 실행해야 할 삶의 방식으로 깨닫고 실천하도록 하는 서사적 욕망의 구현체라고 할 수 있다. 이때 언표행위의 주체는 일반 민중일 수도 있고, 제가불자일 수도 있을 것이다.

2. 혈육애의 실천과 모성에 대한 그리움, 무차별적 동심의 서사화

정채봉의 창작동화 「오세암」은 신앙이나 민중성, 또는 집단성과 접속되어 특정 이데올로기나 관념을 생산했던 전설 「오세암」을 개인적 차원, 즉 어린 두 남매의 엄마에 대한 그리움과 무차별적인 동심의 순수성으로 상이하게 계열화하여 그 차이를 향유하고 그 생

---

19) 인권환, 위의 책, 306쪽.
20) 안미영, 「「오세암」이야기의 변천과정과 인물의 성격 변화」, 『비교문학』 제33권, 한국비교문학회, 2004, 38쪽.

성의 가치를 새길 수 있는 계기를 마련하였다. '이런 점에서 계열화를 통해 형성되는 사건의 의미는 그 안에 포함된 어떤 항이나 요소들의 개별적 의미로 환원되지 않으며, 그것과는 다른 차원에서 형성된다.'[21] 그런데 이야기를 계열화하고자 하는 이러한 능동적인 실천은 결국 긍정의 힘에서 나온다. 옛이야기를 긍정하고, 다시 그것을 우리의 사회·문화적 맥락, 혹은 인간 제 조건의 맥락 속에서 변화시키고 차이를 분화시켜 생산할 때 이야기는 끊임없이 소통하고, 그로 인해 이야기는 언제나 새롭게 창조된다.

따라서 이야기는 차이일 뿐이고, 그 차이가 소통되는 것이니까 문제는 우리의 옛이야기를 차이화할 수 있는 힘, 그 긍정의 힘이 있느냐, 없느냐이며, 만약 없거나 빈약하다면 그 힘을 기를 것이냐, 말 것이냐이며, 길러야 한다면, 어떻게 기를 것이냐일 것이다. 물론 이 차이는 욕망의 다른 이름일 수도 있다. 이야기는 언제나 욕망을 수반한다. 전설이든, 동화이든, 영화나 드라마, 애니메이션이든 그것이 담론체계를 이루는 한, 거기에는 분명, 개인이나 사회의 욕망이 개입되어 있을 수밖에 없다. 담론체계는 특정한 의도나 목적을 전제하기 때문이다. 그래서 '욕망은 다양성을 전제한다.'[22] 욕망은 결여나 결핍으로 인해 생산되는 것이 아니라 접속하는 항에 따라 다양하기 때문이다. 이야기의 다양성 또한 이로 말미암는다면 지나친 억측일까? 그리고 그 다양성이 결국 전설 「오세암」을 낳았고, 이후 창작동화, 영화, 드라마, 애니메이션, 뮤지컬 등의 「오세암」으로 분화된 것은 아닐까? 그렇다면, 옛이야기를 긍정할 수 있는 힘

---

21) 이진경, 『철학의 외부』, 그린비, 2007, 207쪽.
22) 이진우, 「욕망의 계보학」, 『니체연구』 제6집, 한국니체학회, 2004, 144쪽.

은 우리가 접속하는 제 조건을 통해 길러질 것이고, 그 힘을 통해 이야기는 다양한 욕망의 형태로 소통될 것이다.

먼저 정채봉 「오세암」의 담론체계는 전체 11개의 소제목으로 나뉘어져 핵심 서사소로 계열화를 이루고 있다.

(1) 바다보다 넓게 내리는 눈
① 스님과 남매가 포구에서 만남.
② 스님은 자신이 살고 있는 절로 갈 곳 없는 남매를 데리고 감(남매의 이름이 각각 '길손', '감이'임이 밝혀짐).
③ 스님이 남매를 부모 잃은 조카라고 하기로 함.

(2) 바람의 손자국, 발자국
① 길손은 복 달라고 명 달라고 비는 사람들을 부처님을 성가시게 여기는 사람으로 여김.
② 마음의 눈을 뜨는 공부를 하기 위해 스님을 따라 관음암으로 가겠다고 결심함.
③ 감이는 봄이면 길손이 공부를 마치고 온다는 말을 듣고 큰절에 혼자 남음.

(3) 물초롱 속에 구름을 넣어서
① 길손이 관음암으로 가는 길에 물초롱 속에 흰구름을 담아 감.

(4) 입김으로 피운 꽃
① 길손은 언제나 감이 누나와 함께 있다고 생각하며 말을 건넴.
② 길손은 자신을 홀로 둔 채 면벽수행만 하는 설정에게 투정을 부림.
③ 길손은 암자 이곳저곳을 뒤지며 혼자서 놀음.

(5) 살며시 웃는 꽃

① 길손은 스님이 들어가지 말라는 골방에 몰래 들어감.

② 길손이 그 방에서 관음봉을 바라보고는 감이 누나에게 소개함.

③ 길손이 탱화에 그려진 관음보살에게서 웃음을 발견하고 자신을 소개
하고 놀러오기로 함.

(6) 엄마라고 불러도 돼요?

① 길손이 골방을 깨끗이 청소함.

② 길손은 골방에 군불도 때고 그림 속의 관음보살님에게 이런저런 얘기
도 하며 그를 웃기기 위해 갖은 장난을 다함.

③ 길손이 가물가물 웃는 관음보살님이 좋아 엄마라고 불러도 되느냐고
물음.

(7) 마음을 다해 부르면

① 길손이 매일 관세음보살님을 엄마라고 부르며 골방에서 놀음.

② 스님이 대설이 내릴 것을 대비해 양식을 구하러 저잣거리에 다녀와야
겠다고 함.

③ 길손이 무서워 싫다고 하자 무서우면 관세음보살을 찾으라고 당부하
고 떠남.

(8) 쌓인 눈이 마루에 닿다

① 폭설이 내려 스님이 혼자 있는 길손을 걱정하며 그 폭설을 헤치고 암
자를 오르다 눈 위에 쓰러짐.

② 스님이 관음암을 떠난 지 한 달 스무 날이 지나서 큰절에 있던 감이
를 데리고 관음암을 오름.

(9) 관세음보살, 관세음보살

① 스님과 감이가 미끄러운 길을 힘겹게 걸어 관음을 오름.

②스님과 감이가 암자에서 들려오는 목탁소리를 들음.

③관음암 가까이에서 감이는 길손의 관세음보살 소리를 들음.

(10) 꽃비가 내리다

①스님이 암자로 들어가 무릎을 꿇고 길손을 부르는데 길손이 빨간 맨발로 걸어나옴.

②스님이 어떻게 살았느냐고 묻자 길손이 엄마가 오셔서 배가 고프면 젖을 주고 나랑 함께 놀아주었다고 얘기함.

③관음봉에서 여인이 내려와 길손이 하늘의 모습이요, 부처라고 설법함.

④감이가 눈을 떠서 관세음보살이 파랑새로 날아가는 모습을 봄.

⑤설악에 꽃비가 내림.

(11) 연기 좀 붙들어 줘요

①길손의 장례식이 열림.

②많은 사람들이 몰려들고 길손을 구박했던 스님들은 뉘우침.

③설정 스님은 공부에 대하여 다시 생각하고, 감이는 세상 풍경에 실망함.

④길손의 다비식에서 감이가 울면서 연기를 붙들어 달라고 함.

이 작품이 애니메이션 스토리의 기본 담론체계를 이루고 있기 때문에 다소 길게 핵심 서사소를 요약해 보았다. 정채봉 창작동화의 주된 스토리 선은 보이지 않는 것을 보고 감이 누나에게 바깥세상을 더 잘 말해 주기 위해, 그리고 한 번도 보지 못한 엄마를 그리워하고 그 엄마를 보기 위해 마음공부에 열중하며 보여주는 무차별적인 길손의 행위이다. 그리고 그 행위와 계열화를 시도하는 천진스러운 길손의 시선과 사건들이다. 전설 「오세암」의 스토리가 종교적 구원으로서의 득도 과정에 초점을 맞추었다면 정채봉의 창작동화는 오누이의 사랑 그리고 어머니에 대한 그리움이라는 가장 본능적인 인간의 혈육애·모성애와 전설 「오세암」을 계열화함으로써 전설과 창작동화의 차이화를 시도하고 있다. 이 과정에서 원재료 혹은 일차자료의 차용이나 수용은 계열화를 이루어내는 모티프로서 그리고 상상력 추동의 계기가 된다는 점에서 중요한 의의를 지닌다. 물론 차이화를 어떻게 이루어내어 소통을 욕망하느냐의 문제는 전적으로 작가나 감독(연출가)의 몫이지만 말이다. 그 차이화만큼이나 창작동화의 스토리 구조는 다양한 층위의 의미를 생성해 내고 있다. 먼저 사건의 계열화에서 굳이 종교적 이데올로기를 제거한다면 길손의 죽음은 모성애적인 사랑과 무차별적 동심만이 인간을 구원할 수 있다는 실존적 고백의 의미를 함축한다고도 볼 수 있다. 물론 창작동화의 주된 스토리가 길손의 죽음으로 수렴되는 것은 결코 아니다. 관음봉에서 현신한 여인의 다음과 같은 설법은 창작동화의 스토리 구조가 생성하는 의미가 무엇인지를 잘 드러내고 있다.

"이 어린아이는 곧 하늘의 모습이다. 티끌 하나만큼도 더 얹히지 않았고 덜하지도 않았다. 오직 변하지 않는 그대로 나를 불렀으며 나뉘지 않은 마음으로 나를 찾았다. 나를 위로하기 위하여 개미 한 마리가 기어가는 것까지도 얘기해 주었고, 꽃이 피면 꽃아이가 되어 꽃과 대화를 나누고, 바람이 불면 바람아이가 되어 바람과 숨을 나누었다. 과연 이 어린아이보다 진실한 사람이 어디에 있겠느냐. 이 아이는 이제 부처님이 되었다."[23]

이와 같은 관음보살의 설법은 길손의 천진성과 이타성을 강조하는 것

---

23) 정채봉, 앞의 책, 196쪽.

인데, 길손은 무차별적인 본성으로써 스님들의 차별성을 비판하기도 하며, '온생명'의 시선으로서 모든 사물을 보듬고 소통하려고 한다. 이 무차별성과 온생명의 시선이 곧 길손의 천진성이자 이타성이다. 전설 「오세암」이 또 다른 이야기를 무수하게 생성하고 변화시켜 나가듯, 그것을 차이화한 정채봉의 「오세암」 역시 또 다른 이야기로 무수하게 생성 변화될 수 있는 것이다. '생성되고 변화되는 차이가 계속 긍정되고, 이 차이를 계속 되풀이되게끔 하는 원리를 반복'[24]이라고 하는데, 우리가 신화나 전설, 민담과 같은 설화에 주목하는 이유도 이야기가 이러한 반복적 원리를 통해 공간과 시대를 뛰어넘어 소통될 수 있기 때문이다.

3. 유년 시각과 폭력적 현실의 서사화

문제는 우리의 옛이야기를 어떤 이웃항들과 접속시켜 사건화하고 어떻게 계열화할 것인가이다. 그런 의미에서 박철수 감독의 영화 「오세암」은 그것이 상업적으로 성공했느냐, 성공하지 못했느냐 하는 관점에서 평가하기 이전에 옛이야기가 어떻게 영화 문법으로 생성되었고, 그런 작업이 어떤 의의가 있는 것인가에 먼저 주목해야 한다. 영화 「오세암」은 이야기의 담론체계가 얼마나 다원적이고 개방적인가를 여실히 증명하고 있다. 즉 박철수 감독의 「오세암」에서는 전설이나 창작동화와는 달리 객관적 현실에 비중을 두어 그것을 영

---

24) 서동욱, 앞의 책, 307쪽.

상을 통해 완결된 형상으로 재창조하고 있다. 이때 재창조는 차이화와 동의어라고 할 수 있다. 영화 「오세암」은 창작동화에서 보여주었던 두 남매의 끈끈한 혈육애, 엄마에 대한 그리움, 마음공부의 중요성 등을 함의하는 서사소는 어느 정도 동일하나 그것들이 현실의 냉혹함과 비정함, 폭력성, 종교의 허위성과 구원의 문제 등과 계열화함으로써 현실 비판과 인간 구원이라는 다층적인 의미를 생성하고 있다.

정채봉의 「오세암」을 원작으로 한 이 영화의 핵심 서사소를 분절해 보면 다음과 같다.

　위의 분절한 18개의 쇼트들은 영화 「오세암」의 시퀀스를 이루는
최소 단위라고 할 수 있다. 물론 영화의 논리적 서사 단위는 시퀀
스지만, 이야기 층위를 분석하기 위해 편의상 쇼트별로 분절하였다.
영화 「오세암」은 전설이나 창작동화를 다양한 현실의 문제, 즉 한
국의 입양 문제, 사회의 냉담함과 비정함, 공권력의 폭력성, 물질만

능 세태의 인간성 상실, 개발시대의 고향 상실 등을 예각화하고 있다. 이 영화에서 우리가 주목할 점은 전설과 창작동화의 핵심 서사가 현실 문제와 계열화하면서 그 의미가 어떻게 달라지고 있느냐는 것이다. 이 영화는 우리의 현실에서 제기되고 있는 다양한 문제들이 종교적 구원의 관점이나, 또는 두 남매, 특히 길손의 무차별적 시선으로 어떻게 극복될 수 있는가를 함축적으로 제시하고 있다. 여기에서 전설이나 창작동화의 서사소는 개별적으로는 그다지 큰 의미를 발휘하지 못한다. 그 사건들이 현실문제와 계열화를 이룸으로써 현실 비판과 인간 구원이라는 전혀 새로운 의미를 생성하고 있기 때문이다. 이러한 사실은 서사담론체계가 "고정된 체계나 위계가 없고 중심이 없을 뿐만 아니라 비위계적이며 어떤 궁극적 근원이나 일자에 환원될 수 없는 다원성"[25]을 특징으로 하는 리좀적 사유방식에 근거함을 의미한다.

1)~18)까지의 장면들은 크게 두 개의 서사계열로 분류할 수 있다. 먼저 1)~7)에서는 스테파노(길손)과 그레첸(감이)이 성당의 보육원에서 생활하던 중 스테파노가 네덜란드로 입양 가기로 되었다는 이야기를 듣고 보육원을 나와 고향을 찾아가는 과정에서 겪게 되는 사회의 냉혹함과 몰인정, 인간성 상실과 고향 상실의 문제 등을 형상화하고 있다. 1)은 스테파노(길손)가 그레첸(감이)에게 원장 수녀가 자신을 네덜란드에 있는 새엄마에게 가란다는 말을 전하는 장면인데, 그 말을 전해들은 그레첸은 매우 놀라면서도, 스테파노에게 유명한 박사가 되라며 용기를 준다. 그렇지만 두 남매는 서로

---

25) 전경갑, 『욕망의 통제와 탈주』, 한길사, 1999, 244쪽.

헤어지기 싫다며, 그레첸이 눈이 멀기 전에 보았던 고향의 모습을 이야기해 주고, 이들은 결국 보육원을 나오고 만다. 보육원을 나온 두 남매는 고향 '내동'을 찾아가기 위해 시내버스를 타지만 승객들과 기사의 냉대로 도심 한복판에 떨어지게 되는데, 겁이 난 그레첸은 보육원으로 돌아가자고 하지만, 스테파노는 원장 선생님에게 혼난다며 내동 고향을 찾아가자고 우긴다. 그러던 중 이들 남매가 시위 현장을 목격하게 되고 그곳에서 스테파노가 최연소 시위주동자라며 진압 경찰에게 끌려가 취조를 당하는 장면이 바로 2)이다. 이 과정에서 스테파노가 진압 경찰을 로보트라고 희화화하자 경찰들이 함께 크게 웃는데 이 상황은 자신들이 자신들을 향해 웃음으로써 자신들의 무지와 맹목성을 그대로 드러내는 아이러니적 상황이라고 할 수 있다. 길손의 천진성에서 공권력의 맹목성을 읽을 수 있다.

3)은 안젤라 수녀가 원장 수녀에게 스테파노와 그레첸을 찾아야 한다며 간청하는 장면이다. 이후 안젤라 수녀는 두 남매를 찾아나서기로 결심하고 성당을 떠나 우여곡절 끝에 큰절을 찾아가 감이와 재회한다. 안젤라 수녀는 어린 두 남매를 진정으로 걱정하며 그들을 구원하고자, 원장 수녀의 반대에도 불구하고 두 남매를 찾아 성당을 나선다, 그 장면이 5)이다. 안젤라 수녀는 그들의 행방을 수소문하는 과정에서 길손과 감이의 아버지가 댐 건설에 반대하다 돌아가고, 어머니는 행방불명이 되었다는 가족사를 알게 된다. 한편 장면 4)는 길손과 감이가 앵벌이 조직으로 팔려가 앵벌이를 하는 장면이다. 이 장면과 계열화를 이루는 시퀀스에서 물질주의에 빠져 돈을 벌기 위해 어린이들까지 수단화하는 인간성 상실의 실상이 구체적으로 제시된다. 그럴 즈음에 앵벌이 조직에서 그들의 처지를

안타깝게 생각하던 운봉이라는 소년이 두 남매를 탈출시켜 기차를 태워주며 고향을 찾아갈 수 있는 방법을 가르쳐 준다.

길손과 감이가 내동 산내리 고향을 찾아가다 성폭행 장면을 목격하고 길손이 충격을 받는다. 그들은 고향 근처 버스 정류장 쉼터에서 아내가 도망가 매일 술을 마신다며 그곳 가게 아주머니에게 핀잔을 듣는 중년 아저씨를 만나, 그와 같은 방향으로 가게 되어 동행한다. 그런데 정신장애가 있는 듯한 중년 아저씨가 먹을 것을 사오라고 길손을 심부름을 보내놓고 감이를 겁탈한다. 이 사건화는 두 가지 의미를 내함한다. 하나는 댐 건설로 인해 터전을 상실한 지역인이 어느 정도 황폐해졌는가를, 그 황폐해진 인간이 얼마나 야만적일 수 있는가를 적나라하게 보여주고 있다. 그리고 또 하나는 그 물리적 폭력성이 인간의 천진성과 순결성을 결코 더럽힐 수는 없다는 메시지이다. 감이는 고향에 있을 엄마를 찾아가기 위해 흐르는 피를 깨끗하게 씻고 가야한다며 그 아픔을 참아낸다. 그 사실을 전혀 모르는 길손은 감이가 그 아저씨에게 단순히 폭행을 당한 것으로만 알고 감이 누나를 위로하는데, 이 장면에서 천진성과 야만성이 극단적으로 대비된다.

6)과 7)은 이 영화에서 두 남매가 가장 처절한 좌절감을 느끼는 시퀀스에서 분절한 쇼트이다. 길손이 언덕을 올라서기만 하면 고향이고, 그곳에서 엄마를 만나거나 엄마의 소식을 들을 수 있을 거라는 감이의 이야기를 믿고 기대에 부풀어 언덕에 오르지만, 그곳에 고향은 온데 간데 없고 푸른 물로 가득차 있고, 육중한 댐이 길손을 압도하고 있었다. 길손은 절망하며 감이 누나에게 거짓말쟁이라며 원망하고, 감이 누나를 언덕으로 끌고 올라가 고향이 어디있느

냐고 다구치는 장면이 바로 6)이다. 그리고는 앞을 보지 못하는 감이를 내팽개치고는 그래도 고향이 어디 있을까 이리저리 둘러보다 급기야는 물가에 엎드려 흐느끼며 깊은 좌절감에 빠지는 장면이 바로 7)이다. 이들에게 고향의 상실은 곧 엄마의 상실이고, 그것은 희망의 상실이라는 의미로 이어진다. 이렇듯 !)~7)까지는 길손과 감이가 현실 사회에서 다양한 사건들과 접속하며 사회의 음험함을 알아가는 동시에 그들을 도와주고 걱정해 주는 인물을 만나 세상의 따뜻함을 경험하기도 한다. 2절에서도 드러나겠지만, 감독과 관객의 소통과정에서 보면 감독은 관객에게 이 사회에 실상을 밀도있게 드러내 주는 것이기도 하다.

한편, 8)~18)까지는 길손과 감이의 큰절과 암자에서의 생활, 그리고 길손의 죽음과 다비식 과정을 서사화하고 있다. 먼저 장면 8)은 두 남매가 스님을 고향 근처에서 만난 스님을 따라 큰절로 와 스님의 도움으로 밥을 먹는 장면이다. 두 남매는 큰절에서 생활하게 되는데, 천진스러운 행동으로 길손은 부처님의 얼굴을 닦아주다 불상을 깨뜨리기도 하여 다른 스님들에게 미움을 사지만, 감이는 앞을 보지 못하는 상황에서도 스님들의 빨래를 하거나 밥 짓는 일을 하는 등 허드렛 일을 하며 그곳에서 일을 하는 아낙들에게 신임을 얻는다. 길손이 다른 스님들에게 눈총 받지만, 행운 스님은 길손을 더욱 끔찍이 여기고, 오히려 길손을 나무라는 스님을 향해 "자넨, 도를 구하러 입산했는가, 시시콜콜 세속적인 사물에 간섭을 하러 중이되었소?"하고 일갈한다. 이 영화에서 행운 스님과 길손의 관계에서 드러나는 도를 구하고자 하는 마음, 또는 인간을 구원하고자 하는 뜻은 전설이나 창작동화와 상통하는 의미인 것처럼 보일지는 모르지만, 사건의 새로운 계열화라는 측면에서 본다면 그 의미는 새로울 수밖에 없다. 새로운 계열화는 새로운 의미·새로운 사유 가능성의 지대를 여는 것이며, 이것이 우리의 옛이야기를 새롭게 변이시키고, 생성해 내는 사건화의 방법일 것이다. 영화「오세암」이 생성해 내는 의미를 전설이나 창작동화의「오세암」과 대응시켜 공통점과 차이점을 찾아내려는 노력은 어찌 보면 통상적인 의미의 논리나 사건화의 방법에 함몰되어 있기 때문이다. 새로운 사건의 계열화가 빚어내는 새로운 의미의 논리에 주목해야 한다.

9)는 행운 스님이 길손을 데리고 암자로 오르는 길에 스님과 길손이 잠시 쉬며 '마음의 눈을 떠야 육신의 눈도 뜰 수 있고, 마음의 눈을 뜨기 위해서는 공부를 해야 한다', '마음 공부를 하면 감이 누나도 눈을 뜰 수 있느냐'는 등의 대화를 나누는 장면이다. 그리고 10)은 길손이 자신의 수도에만 정진하는 스님에게 불평하며 온갖 사물을 친구로 만들며 마치 감이 누나가 곁에 있는 양 스스럼없이 대화를 나누는 동안 큰절에 남아 있는 감이가 부엌일을 하는 장면이다. 두 남매는 비록 큰절과 암자라는 공간적 거리감만큼 멀리 떨어져 있지만, 이심전심으로 서로를 보듬고 의지한다. 두 남매의 애틋한 우애와 관련된 서사소는 정채봉의 창작동화에서 비롯하여 성백엽 감독의 애니메이션에도 그대로 이어진다. 한국적 정서의 근원이라는 측면에서 그 형상화의 방법에 주목할 필요가 있다. 이어지는 11)은 스님 혼자 잠에 떨어져 자는 동안 길손이 혼자 깨어 울먹이다 관음보살상이 모셔져 있는 법당에 들어가 관음보살상에게 '엄마라고 불러도 되느냐, 엄마가 보고 싶어요.'하며 관음보살상과 대화를 나누다 그곳에서 잠이 든 길손을 아침이 되어 스님이 불러 깨

우는 장면이다. 그런데 스님은 간밤에 길손이 관음보살상과 나누던 대화를 들어 길손의 심정을 잘 알고 있었다. 즉 잠에서 깬 스님이 옆 자리에 길손이 없자 길손을 찾아 나와서는 길손이 관음보살상과 나누는 대화를 들었던 것이다. 그리고는 길손을 더욱 애틋하게 여겼던 것이다. 길손을 생각하는 스님의 애틋한 마음은 클로즈업되는 스님의 얼굴을 통해 간접적으로 전해진다.

12)는 스님이 암자에 먹을 것이 떨어져 마을로 탁발을 하러 내려온 동안, 암자에 홀로 남겨진 길손이, 염주를 주며 무서우면 관음보살을 외라던 스님의 말씀대로 스님의 말대로 관세음보살을 외며 스님을 기다리는 장면이다. 그리고 그 시간 폭설이 내리는 마을에서 서둘러 탁발을 하는 스님과 두 남매를 찾아서 큰절 근처까지 오게 된 안젤라 수녀가 서로 스쳐지나는 장면이 바로 13)이다. 이 두 사람이 서로 스치는 장면은 적어도 종교의 궁극이 무엇인지를 함축적으로 보여준다. 이들 종교의 서로 다름이 결국 궁극적인 목적은 하나, 곧 인간 구원이라는 점, 그 목적을 통해 모든 종교는 공존하고 화평할 수 있다는 울림을 스님과 수녀를 통해 형상화하고 있다. 대부분 편견과 몰지각, 선입견과 몰이해로 인해 종교 조직과 종교 조직간 이해의 상충이 일어나고 그로 말미암아 종교와 종교가 대립하고 갈등한다. 이 대립과 갈등을 극복할 수 있는 길을, 서로 다른 종교가 공존할 수 있는 방법을 수녀와 스님은 실천 행위로써 보여주고 있다. 스님과 안젤라는 환유적 의미를 강하게 내포한다. 스님은 두 남매의 아버지로서, 안젤라 수녀는 그들의 어머니로서 읽힐 수 있겠기 때문이다. 특히 안젤라 수녀는 관음보살처럼 몸소 자애로움을 실천한다는 측면에서 종교가 지향하는 지고의 가치에는 분별이

있을 수 없음을 암시하기도 한다. 이러한 차이의 계열이 결국 전설, 창작동화, 영화, 드라마, 애니메이션 「오세암」의 구조를 이루고 있다. 그런데 각기 다른 갈래의 「오세암」은 어딘가 닮아있다. 들뢰즈 식으로 말하면 '구조는 둘 또는 여러 계열들의 조직으로 이루어지고, 이 계열들이 서로 관계를 맺으며 소통하는데, 그 소통을 가능하게 하는 것이 바로 계열과 계열을 차이화하는 것이고 그것이 바로 상징'26)이다. 각기 다른 「오세암」에 등장하는 인물들은 사건의 계열들이 달라지면서 각자의 동일성을 상실한 채 어떤 상징적인 자리를 차지하고, 그 상징이 계열 안에서 계열을 소통시킨다. 즉 전설의 스님과 어린 조카의 이야기, 창작동화의 스님과 길손·감이 남매의 이야기, 영화의 스님·수녀와 길손·감이 남매의 이야기를 차이화하는 것이 바로 상징이고, 그 상징이 바로 서로 다른 구조의 계열들을 소통 가능하게 하는 것이다.

14)는 길손이 탁발하러 간 스님을 기다리며 엄마, 감이누나, 자신의 모습을 눈사람으로 만들어 놓은 장면이다. 이 눈사람은 엄마와 감이누나를 그리워하며 세 식구가 함께 살았으면 하는 길손의 한결같은 마음을 형상화하고 있다. 이 영화의 스토리는 '열린 형식'을 지향한다. 그만큼 관객이 수용해서 결론을 내리도록 유도한다. 14)의 장면을 미디엄 쇼트로 분할하여 서사화하고 있는 이유도 엄마를 그리워하고, 세 식구가 함께 살기를 고대하는 길손의 마음을 통해 우리의 보편적 정서를 환기하도록 우리를 자극하기 위해서이다. 쇼트는 그 길이의 조절을 통해 이야기 진행의 호흡과 완급을 조절할

---

26) 신지영, 「들뢰즈의 차이개념」, 한국외국어대학교 대학원 석사학위논문, 1996, 55 - 58쪽.

수 있다.[27] 약 11초의 길이로 이루어진 쇼트 14)는 세 눈사람의 모습을 보여줄 뿐이다. 이 쇼트가 진행되는 동안, 눈이 많이 와서 눈사람을 만들었으며 스님은 아직 안 왔다는 길손의 독백의 목소리가 전달된다. 이러한 14)는 결국 기다림과 무서움, 그리고 엄마와 감이누나에 대한 그리움 등의 정서를 정지된 듯한 시간 속에서 시각화하고 있는 것이다. 길손은 스님을 기다리다 날이 저물고 폭설이 계속하여 내리자 무섭다며 눈이 쌓인 산길을 달려 내려가다 미끄러져 아래로 굴러떨어지자 있는 힘을 다하여 관세음보살님을 외며 다시 암자를 향해 눈을 헤치고 기어오르는데, 기진해 가는 길손의 눈에 세 식구가 정겹게 가을 들판을 뛰어다니는 장면이 비친다.

장면 15)는 암자에 혼자 남아 자신을 기다릴 길손을 생각하며 폭설이 내리는 데도 불구하고 그 폭설을 헤치고 암자를 오르다 미끌어져 계곡으로 굴러 정신을 잃은 스님의 모습이다. 그리고 장면 16)은 큰절 스님들에게 구조된 지 스무 날이 지난 뒤에 몸을 회복한 스님과 두 남매를 찾아 큰절까지 오게 된 안젤라 수녀, 그리고 감이누나 등이 길손의 무탈을 기원하며 암자를 오르는 장면이다. 스님은 길손이 분명 바람과 하나가 되었을 것이라며 모든 것이 미련한 자신 때문이라고 자책하는데, 세 사람이 암자 쪽에서 들려오는 목탁소리를 듣고 서둘러 암자를 오른다. 길손은 일심으로 관세음보살을 부르며 목탁을 두드리고 있었던 것이다. 스님이 먼저 법당 문을 열자 길손의 손에서 염주가 바닥으로 떨어진다. 이 행위소는 길손의 죽음을 암시한다. 길손은 "누나, 엄마가 오셨어. 배고프

---

27) 서정남, 『영화 서사학』, 생각의 나무, 2004, 51쪽.

다니까 맛있는 음식 주시고 나랑 같이 많이많이 놀아주셨어."라면서 "누나 눈도 뜨게 해 주신다고 그랬어."라고 말하고는 조용히 고개를 떨군다. 그가 숨을 거둔 것이다. 길손의 이러한 모습은 고승의 이미지와 닮아 있다. 이와 관련된 신이 바로 17)이다. 길손이 숨을 거두는 동시에 감이 누나는 눈을 뜨게 된다. 그리고 18)은 길손의 다비식 장면이다. 그런데 장면 17)과 18)은 폭력적 현실을 어떻게 해결하고 인간 구원의 이상을 어떻게 실현할 것인가에 대한 의미를 함축하고 있다. 즉 여타의 스님이나 원장 수녀가 어떤 개념이나 규정 속에서 대립을 전제하고 모든 사물을 보려고 한다면, 행운 스님과 안젤라 수녀는 한 사물이 미규정성 속에서 스스로를 자발적으로 드러내는 차이를 더욱 긍정한다. 원장 수녀와 큰절의 스님들은 어떤 개념과 추상적 관념만으로 길손과 감이를 부정하지만, 행운 스님과 안젤라 수녀는 그러한 개념이나 관념을 거부하고 오로지 길손과 감이 자체를 발랄한 생명으로서, 그들의 행위들을 도드라진 생명현상으로서 긍정하고 있다. 그렇기 때문에 행운 스님과 안젤라 수녀는 길손과 감이를 무차별적인 관심과 사랑으로 이끌 수 있었던 것이다. 그리고 18) 장면과 관련된 시퀀스의 다비식에서 하늘로 오르는 연기를 보며 감이가 흐느끼며 '누구, 저 연기 좀 붙들어 줘요.' 하는 대사와 보이스 오버되는 '누나 말이 맞아. 눈 감으니까 엄마, 수녀, 누나, 스님, 운봉이 형, 모두 보여.'하며 웃는 길손의 목소리는 혈육애와 진정성의 가치를 동시에 부각시키며, 관객들에게 여운을 남긴다. 영화 「오세암」의 이러한 기능은 영화가 '시각과 청각이라는 가장 보편적이고 일상적인 지각적 수용을 통한 체험, 그리고 대중의 일반적 정서와 취향에 부응하는 이야기를 생산할 수 있다는 가능성'28)에서 말미암는다.

이 영화의 스토리 층위에서는 전설과 창작동화의 「오세암」보다는 사건의 인과적 관계가 더욱 뚜렷하게 드러난다. 그렇다고 인과적 관계가 작품의 우열을 가르는 기준으로 작동한다는 말은 아니다. 그것은 어디까지나 세계관의 다름이라는 의미이다. 이 말은 결국 신화적 세계관과 과학적 세계관의 차이일 뿐이라는 것이다. 오히려 전설의 「오세암」이 훨씬 더 많은 의미를 소통시킬 수 있는 열린 구조로서의 잠재태일 수도 있다는 점에 주목해야 한다. 영화 「오세암」의 서사구조는 전설이나 창작동화와는 달리 이야기 층위가 한층 다양하다. 우리의 입양문제, 냉혹한 세태와 인간성 상실, 사회구조와 공권력의 폭력성, 고향상실로 인한 좌절감, 종교의 허위의식 등 우리 사회의 전반적인 문제를 예각화하여 두 남매의 유년의 시각으로 보여주고 있다. 뿐만 아니라 두 남매를 거두려는 안젤라 수녀와 행운 스님의 노력에서 종교의 차이를 뛰어넘는 궁극적인 사랑의 경지를 열어주고 있다. 이러한 스토리 층위의 다양한 의미는 결국 감독의 인간관이나 사회관, 세계관에서 말미암는 이데올로기나 관념적 태도가 전제된 의미이다. 이러한 관점은 '예술가들은 원형을 끌어내어, 특정 문화권에서 선호할 만한 일반적인 형식들로 바꾸어야 하고', '모든 예술작품은 보편적인 경험의 극미한 탐구이며, 고대의 지혜를 향한 본능적인 모색'이라는 융의 믿음29)과 어느 정도 닮아 있다. 물론 이러한 주장은 영화의 촬영기법이나 편집기법을 통해 밝혀질 수 있는 소통맥락의 문제이기긴 하지만 말이다.

---

28) 김중철, 『소설과 영화』, 푸른사상, 2000, 129쪽.
29) 루이스 자네티, 『영화의 이해』, 김진해 옮김, 현암사, 2007, 368쪽.

4. 구도적 삶의 서사화

이강현 연출의 KBS 전설의 고향 드라마 「오세암」은 전설의 서사
체계를 불교라는 종교적 차원과 접속시킴으로써 설정 스님과 무상
이라는 아이를 통해 구도적 삶의 자세, 즉 무차별적인 삶과 집착에
서 벗어나는 삶, 일심으로 도를 구하는 삶 등을 서사화하고 있다.
전설이 구도의 자세와 구원의 법력에 초점을 맞추었다면 드라마 「
오세암」은 스님이 구도하는 과정과 다섯 살 난 무상의 천진성과 진
정성에 초점을 맞춤으로써 인과응보의 삶의 실상을 강조한다. 이와
같은 서사담론은 한국 불교문화의 원형에 내재되어 있는 교훈성을
형상화하고, 흥미성을 고양하려는 '전설의 고향' 프로그램 제작 의
도 때문이라고 할 수 있다. 특히 이 드라마는 시간 역전의 기법을
통해 스토리 속의 스토리 구조로 이루어져 있다. 스토리 구조의 시
간적 중층화는 '과거와 현재의 시간을 적절히 활용하여 드라마를
더욱 더 긴박감 있고 알차게 끌고 가려는'[30] 의도와 맞닿아 있다.
드라마 「오세암」은 현재 전승되고 있는 전설의 스토리 구조를 차용
하면서도 교훈성과 흥미성을 동시에 담아내고 있다. 설정 스님과 여
인과의 인연이나, 스님이 길가에서 데려다 키운 아이(무상)가 스님
과 그 여인 사이에서 낳은 아이임을 암시하며 꿈과 현실의 경계가
분명하지 않음을 보여주는 서사소, 대단원의 서사 장면에서 관세음
보살이 화신하여 들려주는 설법 등은 비록 그것들이 스님의 구도
자세와 관련된 의미망이라 할지라도 일반 시청자들의 흥미를 자극

---

30) 장기오, 『TV드라마 연출론』, 창조문학사, 2002, 192쪽.

하고 교훈적 의미를 생성하는 스토리 층위라고 할 수 있다.

드라마 「오세암」은 한 스님의 구도 과정과 깨우침의 의미에 초점을 맞추고 있기 때문에 앞에서 살펴본 창작동화와 영화의 이야기의 계열과는 많이 다르다. 드라마가 불교적 내용을 전설의 특성과 접속시켰다는 점에서 전설 「오세암」의 구조와 크게 다르지 않지만, 이야기의 계열은 '스님의 구도 과정'과 '무상의 극락에 이르는 과정'으로 대별되어 구조를 형성한다. 이 과정에서 시청자들과 소통하고자 하는 욕망이 강하게 드러난다.

분절한 장면들을 서사적 시간상으로 보면 1)과 2), 10)~24)가 현재 시간과 논리적 연쇄를 이루는 스토리이며, 그 사이에 있는 3)~9)의 장면은 과거 시간에 해당하는 스토리로서 설정 스님이 네 살이던 무상이를 만나기까지의 과정을 서사화한 이야기 속의 이야기이다. 그런데 이 과거의 이야기는 단순히 스토리의 인과적 관계를 암시하거나, 사건의 연쇄적 관계를 강화하는 역할을 한다기보다는 스님의 '업장(業障)'이라는 의미를 강하게 내포하고 있다. 이는 과거의 사건이 불교와 접속하면 그 과거는 불교적 의미를 구성하게 됨을 보여주는 것이다. 사건의 의미나 가치는 계열 안에서의 위상을 통해 구성되기 때문이다.

1)과 2)는 구도를 위해 정진하는 설정 스님과 천진스럽고 호기심 많은 무상이 암자에서 함께 지내는 동안 스님이 양식이 바닥이 나 걱정하며 마을에 다녀와야겠다는 장면과 무상이 산밤을 구워 관음보살님에게 바치고는 하루의 일과를 이야기하는 장면이다. 무상은 스님을 따라 마을에 가고 싶다고 하지만 스님은 오는 봄에 데리고 가겠다며 달랜다. 무상이 스님에게 왜 이곳에 있느냐고 묻자 스님은 업장이 두터워 부처님이 보이지 않아 부처님을 만나기 위해 여

기 산다는 대답을 듣고 무상은 자신의 눈에는 부처님이 보인다며 이상하게 여긴다. 그리고 무상은 도토리로 열심히 염주를 만들며 그것을 스님에게 주겠다고 하여 스님을 감동시킨다. 무상은 관세음 보살이 어머니 같고, 스님이 아버지 같다고 하여 스님을 놀라게 한다. 무상의 이러한 이야기는 스님의 과거를 서사화하는 단초를 제공하며, 무상과 스님의 인연이 부자지간이었음을 암시하는 복선 구실을 한다.

한편, 3)~9)는 설정 스님이 불교에 귀의하여 도를 구하던 중 시주녀에게 마음을 빼앗겨 방황하다 큰스님의 도움으로 다시 공부에 정진하기 위해 관음암이라는 암자로 가던 길에 엄마가 죽어 길거리에 버려진 무상을 만나는 과정의 이야기를 분절한 장면들이다. 먼저 3)은 스님의 청년시절, 여름 공부가 끝난 뒤 "내놓아 보아라, 네 몸뚱이의 주인이 어디 있느냐!"며 호령하는 큰스님 앞에서 설정 스님이 아무 대답도 하지 못하고 어쩔 줄 몰라 하는 모습을 담고 있는 장면이다. 설정 스님을 대하는 큰스님의 이러한 태도는 큰스님이 설정 스님에게 큰 기대를 걸고 있음을 드러내는 것이다. 그리고 4)~6)은 설정 스님이 큰스님을 찾아온 시주녀와 눈이 마주치는 순간 마음을 빼앗겨 잠자리에 들지 못하고 갈등하다 급기야는 시주녀와 인연을 맺는 서사단위들이다. 4)는 시주녀의 모습을 반주관적 시점으로 클로즈업한 장면이다. 설정 스님은 여인을 본 순간부터 애욕의 번뇌에 사로잡혀 답답해하다 방문을 열고 건너편을 바라보다 그 방문으로 시주녀가 잠들지 않고 앉아있는 모습이 비치자 그만 놀라며 당황하는 장면이 5)이다. 설정 스님은 마음의 번뇌를 털어내기 위해 폭포수로 나갔다 마침 그곳에서 목욕하는 시주녀의 모습을 우연히 목격하게 된다. 그리고 그녀가 길마재 아랫말 큰부잣집에 첩실로 왔으며, 아이를 낳고 싶어 기도하기 위해 절에 왔다는 사실을 알고 설정 스님은 그녀에게 더욱 관심을 기울인다. 비오는 밤, 망상에서 벗어나게 해달라고 부처님에게 기도하며 괴로워하던 설정 스님은 결국 여인의 방으로 가 멀리 도망가 살자는 여인의 말에 응낙하고 아침 예불 전에 일주문 밖에서 다시 만나자며 서로 인연을 쌓는 장면이 6)이다.

그렇지만, 아침 일찍 도망할 채비를 차리고 일주문으로 나왔으나 여인은 보이지 않고, 큰스님의 꾸짖음에 간밤, 시주녀와의 사연을 털어놓자 큰스님이 그것은 꿈이고, 사람의 일평생은 꿈이라고 일러주며, 시주녀는 기도를 하고 그날 바로 마을로 내려갔다는 말에 설정 스님은 망연해 한다. 이러한 시퀀스와 연관된 장면이 바로 7)이다. 이 서사단위는 우리에게 꿈과 현실의 경계가 과연 어디까지인가를 되물으며, 꿈과 현실이 모두 허망한 것이라는 의미를 부각시킨다. 함께 정진하는 스님마저도 여시주가 벌써 전에 산을 내려갔다고 말하자 스님은 더욱 허망해 한다. 스님은 바위에 가부좌하여 "여인은 사라져 버렸다. 그렇다면 나는 지난밤에 누구를 상대했단 말인가? 지금까지 헛것을 보았단 말인가? 꿈을 꾸었단 말인가? 꿈, 꿈, 꿈 …… 허망한 일이다. 모든 게 찰나에 다 사라져 버렸다. 이제 나는 어떻게 해야 한단 말인가? 나는 어디로 가야 합니까?"라고 독백하며 번민한다. 스님의 이 독백은 구도자의 내면적 성찰이나 갈등의 깊이를 형상화하고 있지만, 현실과 꿈이 무두 허망한 것이라는 의미를 시청자들에게 전이시킨다.

설정 스님은 큰 스님에게 미망 속에서 벗어나기 위해 공부를 해야겠다는 결심을 전하자, 큰스님은 "지금까지 근기가 약하고 화두에 전념을 다하지 않았기 때문에 그런 헛된 꿈을 꾼 것이다. 지금부터 죽기로 부처님을 찾아봐. 여인보다 더 아름다운 세계가 그 위에 있느니라."며 설정 스님을 격려한다. 그 뒤 설정 스님은 절을 떠나 참선방에서 면벽수행하고, 이곳저곳을 떠돌아다니며 가는 곳마다 수행에 정진한다. 이러한 설정 스님의 모습은 봄, 여름, 가을, 겨울 등 사계를 통해 영상화된다. 그리고 마지막에는 자신의 손가락을 부처님에게 바치는 소지공양을 올리기에 이르는데, 그 장면이 바로 8)이다. 설정 스님은 소지공양을 마치고 혼절한다. 설정 스님의 치열한 구도 행위는 어떤 의미를 지니는 것일까? 우리에게 기억은 새로운 것의 생성을 가로막고, 과거의 어딘가로 끊임없이 되돌아가게 하는, 아니 과거의 그 무엇인가가 끊임없이 반복하여 현재에 살아나게 만드는 데 반해 망각은 과거로 반복하여 계열화하는 이 사로잡음과 멈추게 함의 힘을 약화시키고, 이로써 새로운 계열화의 선을 발견하게 하고 새로이 시작할 수 있게 한다31) 설정 스님이 미망에서 벗어나고자 했던 것은 곧 망각에 이르고자 했던 것이고, 그러기 위해서 그는 처절하게 수도에 전념했던 것이다.

수도에 전념하다 혼절까지 한 설정 스님을 간호하던 스님이 큰스님에게 설정 스님이 폐인이 되어 돌아왔다고 하자, 큰스님은 앓아누운 설정 스님에게 "오랜 세월 어려운 공부를 했다고 들었다. 허나 깨닫지 못하고 죽는다면은 그 얼마나 무모한 짓이냐."며 기운 차리는 대로 혼자 수행하기에 적당한 관음암으로 올라가라고 격려

---

31) 이진경, 『이진경이 필로시네마』, 그린비, 2008, 226쪽.

한다. 스님이 관음암으로 가는 길에 엄마가 죽어 길에 버려진 네 살짜리 아이를 만나고, 주위 사람들에게 아이의 엄마가 죽기 전 한 사코 큰절로 가야한다고 했다는 말을 전해 듣는다. 그리고 아이에게 몇 살이냐고 묻자 네 살이라는 아이의 대답에 스님은 적잖이 놀란다. 그 아이가 바로 여인과 맺었던 인연의 피붙이일 거라는 직감 때문이었다. 그리고는 영상이 바뀌어 현재 시간으로 되돌아와 1)~2)와 시간적 연쇄를 이루는 장면이 바로 10)이다. 장면 10)에서 스님은 잠든 무상을 바라보며 "업장이로다. 무진 번뇌로다."를 독백한다. 이 독백은 무상이 자신의 피붙이임을 스님이 알고 있음을 의미한다. 이 독백에 이어 무상이 도토리로 정성스럽게 만들어 놓은 염주를 스님이 유심히 바라보고, 카메라는 염주들을 클로즈업한다. 물론 이때 클로즈업되는 염주는 주관적 시점에서 초점화한 장면은 아니다. 염주알을 클로즈업하여 무상의 자성을 보여 주고자한 것이다. 또한 이 드라마에서는 독백의 빈도가 많다. 그 이유는 이 드라마가 불교적 설화를 바탕으로 영상화되었으며, 그로 인해 내면 성찰의 의미가 강하기 때문일 것이다.

장면 11)은 설정 스님이 무상에게 마을에 다녀올 동안에 배가 고프면 밥을 꺼내 먹으라며 솥 안에 밥을 넣어두는 장면이다. 무상은 스님과 떨어지기 싫어하지만, 스님이 도토리 염주를 많이 만들어 놓으라고 하자 "일찍 오실 거지요."라며 근심어린 표정을 짓는다. 스님은 무상에게 무섭고 적적하면 법당에 들어가 관세음보살님을 뵈라고 타이르고는 암자를 떠나고 무상은 스님에게 빨리 돌아오라며 인사하는데, 12)가 바로 무상이 스님을 향해 손을 흔드는 장면이다. 스님이 열심히 탁발하고 돌아오려는 즈음에 눈이 오기 시작하자 스님은 서둘러 암자로 향하고, 불이 거의 꺼져가는 아궁이 앞에서 염주를 만들던 무상이 눈이 내리는 것을 보고는 놀란다. 이 두 씬은 몽타주 기법으로 처리하여 두 사람의 극명한 내면을 대조하여 보여준다. 스님의 걱정과 서두름, 무상의 두려움이 바로 그것인데, 장면 13)은 쏟아지는 눈을 바라보며 두 손을 모으고 스님을 기다리며 안절부절 못하는 무상의 처연한 모습이다. 이 장면에는 무상의 간절함과 무서움이 동시에 배어나온다. 그리고 14)는 눈이 점점 거세게 내리자 스님이 절에 아이가 혼자 있다며 부처님께 눈을 그만 내리게 해달라고 애원하고, 폭설을 헤치고 무상을 외치며 탈진하여 산을 오르다 미끄러져 산 아래로 굴러 정신을 잃은 설정 스님의 모습이다. 이 장면은 슬로우 모션으로 재생되는데 일반적으로 슬로우 모션은 '긴장과 극적 느낌을 더해줄 수 있는'[32] 15)는 촬영기법, 또는 편집기법이다. 물론 슬로우 모션은 장렬함과 당당함을 강조하기 위해서도 활용되는 영화나 드라마의 기법이다. 14)의 시퀀스와 관련된 슬로우 모션은 비극성을 극대화하기 위해 선택한 드라마 기법이라고 할 수 있다.

스님은 산주막 주인에게 발견되어 그 부부의 간호를 받게 되는데, 스님은 무상의 이름만을 되뇌이고, 정신을 잃은 지 사흘만에 깨어나서도 무상이만을 찾지만, 봄이 와 눈이 녹을 때까지는 암자에 오를 수 없다는 산가 부부의 얘기를 듣고 스님은 다시 혼절한다. 그러는 사이 법당 앞 댓돌에 눈이 쌓인 짚신을 보여주는데, 그 장면이 바로 15)이다. 이 장면은 무상이 스님을 기다리다 법당에 들

---

32) 허버트 제틀, 『영상 제작의 미학적 원리와 방법』, 박덕춘·정우근 옮김, 커뮤니케이션북스, 2007, 320 - 321쪽.

어가 있음을 환유적으로 보여주는 장면이다. 이 장면은 눈에 덮인 짚신만을 보여줌으로써 무상이 처한 상황을 암시하는 동시에 시청자들의 궁금증을 자아낸다. 특히 눈이 쌓이고 나뭇가지에 눈꽃이 펴 더욱 적막한 산의 영상에 무상을 외치는 스님의 목소리와 스님을 부르는 무상의 목소리가 메아리로 교차되어 울려퍼지는 장면은 시청자들로 하여금 안타까움을 자아내도록 하기에 충분하다.

한편, 16)은 소식을 듣고 달려온 큰스님과 동료 스님에게 설정 스님은 암자로 가야한다며 우기지만, 동료 스님이 눈이 녹기 전에는 아무도 갈 수 없다고 만류하고, 큰절로 가 봄이 오기를 기다리자고 큰스님이 설득하자 설정 스님은 큰절로 옮겨가게 되는데, 그곳에서 설정은 무상의 생각으로 식음을 전폐한다. 그리고 스님이 암자를 떠난 지 달포가 넘었다는 동료 스님의 얘기를 듣고는 무상이 죽었을 거라며 설정은 절망한다. 그리고는 설정이 동료 스님에게 무상이 네 살 때 자신과 만났고, 여시주와 있었던 인연을 얘기하며 그 인연이 큰스님의 말씀대로 꿈이 아니었다면 피붙이가 무상이와 같은 나이일 거라며 애틋해 한다.

동료 스님은 그때 큰스님이 모든 것은 꿈이었을 뿐이라고 얘기하라고 했다는 이야기를 설정에게 들려준다. 이 서사단위에서 무상이 바로 설정의 아들일 것이라는 심증이 부각된다. 설정이 그의 동료 스님에게 이와 같은 이야기를 하는 장면이 바로 17)이다. 그리고는 설정 스님이 무상이 토끼와 뛰어놀던 일, 오줌을 싸는 버릇을 고쳐주기 위해 지난 겨울 밖에 세워두었던 일을 회상하며 비통해 한다. 이 두 장면은 실제로 영상화하여 보여주는데, 18)이 바로 무상이 토끼와 뛰어놀던 일을 영상화하여 보여주고 있는 장면이다.

19)는 봄이 찾아와 설정 스님과 큰스님, 동료 스님 등이 암자를 오르는 장면이다. 그리고 일행이 암자에 이르러 설정 스님이 무상을 부르며 이곳저곳을 찾아보지만, 무상은 보이지 않는데, 관세음보살님이 모셔져 있는 법당 앞 댓돌에 무상이의 짚신이 놓여있는 것을 발견하고는 긴장하여 법당 문을 열고 관세음보살님 앞에 꿇어앉아 있는 무상을 보고 놀라 네가 살아있느냐고 묻자 무상이 관세음보살께서 먹을 것을 주셨고, 하나도 무섭지 않았으며, 늘 관세음보살님과 함께 있었으며, 스님께서 찾는 극락을 보았다고 대답한다. 그리고 도토리 염주를 다 만들어 놓았다며 스님에게 도토리 염주를 건네준다. 이와 같은 시퀀스가 바로 20)과 21) 장면이다. 스님이 잘못했다며 무상을 안으려 하니 무상의 모습이 금빛으로 화하여 사라지고 관세음보살상에 관세음보살의 모습이 현신한다. 그리고 자신이 관음임을 밝히과 다음과 같이 설법을 행하는데, 뜰 앞 하늘에 관음의 모습이 비추자 일행이 모두 놀라 합장한다.

> 인간 세계의 모든 것은 언젠가는 사라지는 것이니라. 너는 어찌하여 사라지는 것에 연연하고 영원불멸한 것에 뜻을 두지 못하였느뇨. 이제부터는 너의 길을 가라. 네가 여인과 이 아이를 그토록 절절하게 찾았듯이 도를 구하라. 그러면 넌 이룰 것이니라. 이 아이는 다섯 살에 성불하였도다. 일심으로 나를 불러 극락에 이르렀느니라. 그대도 열심히 정진하여 천상에 들도록 하라.

위의 인용문은 관세음보살의 설법 내용이다. 즉 절절함과 일심으로 도를 구하면 도를 이룰 것이라는 설법이다. 관세음보살이 설법을 행하고 설정 스님의 일행이 그 설법을 듣는 장면이 바로 22)이다. 그런데 장면 22)는 설법을 행하는 관세음보살과 성불한 무상의 모습을 CG를 통해 반주관적 시점으로 보여줌으로써 현신의 이미지를 부각시키면서 설법의 진정성을 강조하고 있다. 특히 관세음보살과 무상의 모습이 하늘에 떠 있어 원경임에도 불구하고 그 둘의 영상을 스님들의 영상보다 크게 하여 두 대상과의 거리감을 단축하고 있다. 이러한 기법은 관세음보살과 성불이 멀리 있지 않다는 것, 따라서 도를 구하는 길이 곧 멀리 있는 것이 아님을 전하려는 전략으로도 읽을 수 있다.

창작동화나 영화 「오세암」과는 달리 드라마 「오세암」은 애욕과 인연으로 인한 인간의 번뇌, 꿈과 현실의 경계와 같은 문제를 천착하며 결국 구도의 자세와 계열화를 이루고 있다는 서사적 특징을 지니고 있다. 그만큼 드라마 「오세암」은 전설 「오세암」의 맥락적 의미에 충실한 서사적 구조로 이루어져 있다고 할 수 있다. 그리고 23)은 관음보살의 설법이 끝나자 암자의 뜰에 꽃비가 내리는 장면이며, 24)는 무상이 해맑게 웃으며 "스님, 스님. 천상에서 기다릴게요. 스님."하며 관세음보살과 사라지는 장면이다. 무상이 설정 스님의 득도와 성불을 기원하는 것이다. 드라마 「오세암」의 이러한 스토리 층위는 '훈훈한 미담과 담백한 교훈으로 우리 문화의 뿌리와 조우'[33]를 꾀하는 드라마의 기획 의도와 '홈드라마가 지향하는 최후의 사상은 인간 구원(救援)'[34]이라는 취지와 맞닿아 있다. 드라마 「오세암」이 생성하는 의미를 종교적 의미로 한계 지을 필요는 없을 것이다. 그것은 곧 우리의 삶의 자세이고, 지향해야 할 보편

---

33) http://www.kbs.co.kr/end_program/drama/gohayng/about/index.html
34) 오명환, 『텔레비전 드라마 사회학』, 나남출판, 1994, 68쪽.

적 가치일 것이기 때문이다.

5. 모성애에 대한 근원적 그리움의 서사화

성백엽 감독의 애니메이션 「오세암」은 창작동화를 바탕으로 차이화를 드러내고 있는 작품이다. 창작동화에서 생성하고 있는 전체적인 의미인 '엄마에 대한 그리움 → 한결같은 마음, 나뉘지 않은 마음, 진실한 마음 → 하늘, 부처'의 맥락은 그대로 유지되면서 길손의 '천진함'이 의미맥락을 포괄하고 있다. 그런데 애니메이션 「오세암」은 현실적인 문제와 관련된 서사소들과 접속을 시도하고 있기 때문에 창작동화보다 훨씬 더 스토리 구조를 이루는 계열이 다양하다. 감이가 알고 있는 엄마의 모습과 감이가 길손을 업고 엄마를 기다렸다 엄마와 만나서 돌아오는 모습, 화재로 인해 엄마가 자신과 길손을 구하고 돌아갔음을 암시하는 장면, 엄마가 없어서 아이들에게 괴롭힘을 당하며 엄마를 그리워하는 장면, 그것을 넌지시 바라보고 길손의 애틋한 마음을 알아주는 스님, 길손이 마음공부를 하여 바람을 볼 수 있듯이 엄마의 모습을 보기 위해 관음암에 오르는 장면 등은 창작동화에는 나오지 않는 서사소들이다. 사실 '스토리 구조 내의 사건들은 통합적인 연쇄로 이루어지기도 하고 계합적으로 구조화되어 의미화 관계를 조직한다.'[35] 따라서 창작동화와는 다른 서사소들과의 접속은 애니메이션 「오세암」의 의미적 배치가 달라졌음

---

35) 스티븐 코핸·린다 샤이어스, 『이야기하기의 이론』, 임병권·이호 옮김, 한나래, 2001, 84쪽.

을 의미한다.

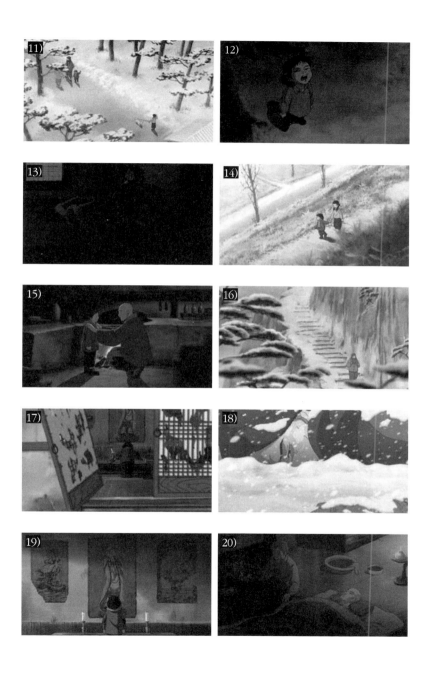

애니메이션 「오세암」은 엄마의 얼굴조차 기억하지 못하는 길손이 감이누나에게 의지하여 엄마를 만나고 싶어하는 간절한 마음을 형상화하고 있다. 창작동화 「오세암」이 전반부에는 감이 누나가 보지 못하는 것들을 말해 주기 위해 마음공부를 하기로 결정하면서, 그 마음이 엄마에 대한 그리움으로 옮겨지는, 즉 누나에 대한 혈육애

에서 모성에 대한 그리움으로 옮겨지는 서사구조로 되어 있다면 애니메이션 「오세암」은 길손이 엄마를 그리워하는 마음을 초점화하여 서사화하고 있다는 점에서 그 차이가 드러난다.

먼저 1)은 길손이 감이 누나와 바닷가에서 놀다 하늘을 나는 갈매기를 보며, 어디든지 날아갈 수 있는 갈매기를 부러워하며, 자신도 그와 같이 자유롭게 날아 엄마가 있는 곳으로 가고 싶다는 소망을 이야기하는 시퀀스의 장면이다. 애니메이션 「오세암」은 이렇듯 발단 단계부터 엄마에 대한 간절한 그리움을 서사화하고 있다. 오갈 데 없던 두 남매는 스님을 만나 절 생활을 시작하게 되는데, 그 과정을 서사화하고 있는 장면이 바로 2)이다. 그런데 길손은 그 절에서 온갖 소란을 피우게 된다. 조용한 아침 예불 시간에 자신을 데리고 온 스님에게 장난을 치며 떠들어 스님을 당황하게 만들고, 법당에 있는 꽃병을 깨뜨리며, 법당 청소를 하다 양동이의 물을 엎질러 스님을 난처하게 만든다. 그런가 하면 노스님이 염불을 하는 동안, 불전함을 기어올라 부처님의 손에 꽃을 바치고 점잖게 합장을 하고 예불을 드리기도 한다. 길손이 이러한 천진스러운 행동을 몽타주 기법으로 보여준다. 이러한 길손의 천진함은 오로지 엄마를 그리워하며 관세음보살을 어머니로 부르는 한결같은 마음으로 길손이 성불하는 계기로 작용한다.

길손이 탑에까지 기어올라 새들에게 말을 건네는 모습을 보고 노스님이 그의 목소리를 높이 평가하여 노래를 부르라고 하자, 길손은 '섬그늘'을 부른다. 동요 섬그늘을 부르는 동안, 감이 누나의 노래소리가 겹쳐지면서 감이 누나가 길손을 업고 엄마를 기다리다 엄마를 만나 집으로 돌아오는 장면이 과거 회상 기법으로 전개된다.

이러한 과정이 바로 3)과 4)의 장면이다. 텔레비전이나 영화에서의 음향은 '미학의 5차원 영역을 표현하고', '구체적인 상황을 묘사하는데'[36) 여기에서 '섬그늘' 동요의 음향은 과거 엄마와 길손과 감이 누나가 함께 정답게 지내던 과거의 상황을 묘사하여 엄마에 대한 그리움의 정서를 환기한다. 물론 창작동화에서와 마찬가지로 두 남매의 우애는 아름답기 그지없다. 특히 감이 누나가 바늘로 실을 꿰어 염주를 만들다 바늘에 손을 찔려 피가 나자 길손은 그 피가 꽃잎 같다며 누나에게서는 꽃내음이 난다고 한다. 이러한 대화 장면은 두 남매의 우애가 얼마나 아름다운지를 강조하기 위한 서사적 배치라고 할 수 있다. 절에서는 심심하다며, 엄마 찾으러 빨리 가자고 보채는 길손에게 감이 누나는 힘없이 추운 겨울이 지나고 따뜻한 봄이 오면 가자고 길손을 달랜다. 그리고 잠이 든 길손을 끌어안으며 더 이상 길손의 모습을 볼 수 없는 것을 한없이 안타까워하는 감이의 심정이 내적 독백의 형태로 보이스 오버되는데, 그 장면이 바로 5)이다.

길손은 복 달라고 명 달라고 비는 아주머니들과 극락 가게 해 달라고 탑을 도는 할머니들을 보며 부처님은 참으로 성가실 거라며, 자기 같으면 부처님을 재미있게 해 줄 거라고 한다. 여기에서 길손의 천진스러운 시각은 어른들의 욕심과 허영을 이해하지 못한다. 이 서사 단위는 창작동화의 내용을 그대로 차용한 것인데, 작가나 연출가가 진정성과 진심이 없는 어른들의 세계를 에둘러 비판하고자 하는 의도의 반영이라고 볼 수 있을 것이다. 하지만 창작동화와

---

36) 허버트 제틀, 앞의 책, 397 - 412쪽.

는 달리 이 작품에서는 엄마가 없는 서러움을 극대화하여 모성의 근원적 그리움을 강조한다. 엄마가 있는 아이들이 길손과 감이 누나를 괴롭히는 서사라든지, 그러한 아이의 엄마가 오히려 길손과 감이 누나를 나무라는 서사가 바로 그러한 서사단위이다. 길손은 산으로 뛰쳐올라가 '나도 많이 아프다'며 엄마를 부르며 서럽게 운다. 이 장면에서 길손의 내면을 감동적으로 형상화하고 있는 기법이 바로 내적 독백의 미학이다. 길손의 이러한 모습을 스님이 넌지시 지켜보고는 길손의 외로움과 그리움을 알고는 길손을 위로한다. 엄마는 맨날 누나 꿈에만 나오고 자신의 꿈에는 한 번도 안 나온다며, "엄마는 바람 같아. 내 마음을 흔들고 보이지는 않아."라고 길손이 이야기하자, 스님은 엄마는 마음속에 있다며 공부를 많이 하여 마음의 눈을 뜨면 부처님같이 바람도 보이고 하늘 뒤란도 볼 수 있다고 하자, 길손이 자신도 마음의 눈을 떠 바람도 보고 하늘 뒤란도 보고 싶다며 반가워하는데, 그 장면이 바로 6)이다.

스님과 함께 마등령 중턱에 있는 관음암으로 공부를 하러 가고 싶지만, 감이 누나와 떨어져 있어야 한다는 말에 기가 죽어 누나를 만나 마음공부를 하여 바람도 보고, 엄마도 보고싶다고 말을 하자 감이 누나가 엄마의 이야기를 들려주는 장면이 7)이다. 어린시절 엄마와 함께 세 식구가 단란하게 지내던 모습들이 회상의 형식으로 두 남매의 앞으로 디졸브 형식으로 전개된다. 디졸브는 원래 '두 시퀀스나 신 사이의 전환을 이야기할 때 사용되는'[37] 편집기법이긴 하지만 이 시퀀스에서는 과거 생활의 현장성과 생동감을 강화하기

---

37) 수잔 헤이워드, 『영화사전』, 이영기 옮김, 한나래, 2002, 76쪽.

위해 마치 두 남매가 과거의 생활을 보고 있는 듯한 이미지 배치로 디졸브 기법을 활용하고 있다. 이 장면은 관객이 두 남매의 과거 생활을 생생하게 지각할 수 있도록 하는 전지적 기능을 하기도 한다. 8)은 감이 누나가 집에 불이 나 엄마가 두 남매만을 구하고 목숨을 잃는 과거를 회상하고 있는 장면이다. 이 서사는 창작동화에는 배치되지 않은 내용으로서 사건의 인과성을 부여하는 기능을 한다. 이 사건은 엄마가 죽은 원인을 사실적으로 제시하고 있을 뿐만 아니라 감이 누나가 실명한 원인도 나름 추측하게 한다. 엄마가 죽었다는 사실을 모르는 길손은 감이 누나에게 엄마를 찾으러 가자고 보채게 되고, 이로 인해 엄마를 그리워하는 길손의 마음이 더욱 애틋하게 느껴진다.

9)는 잠자리에서 감이 누나가 잠이 든 길손을 감싸안으며 엄마는 마음으로밖에 볼 수 없으며, 자신이 보고 싶은 건 옆에 있어도 볼 수 없는 길손의 모습이라고 내적으로 독백하는 장면이다. 10)은 감이 누나가 눈이 내리는 새벽 탑돌이를 하고는 길손을 잘 보살펴 달라고 기원하는 장면이다. 그리고 마침내 길손은 스님을 따라 마등령 중턱에 있는 관음암으로 공부를 하러 떠나는데, 그 서사 장면이 11)이다. 그리고 12)와 13)은 몽타주 기법으로 제시되는 시퀀스이다. 즉 12)는 눈을 감고도 모든 것을 볼 수 있는 그런 공부를 하고 싶다던 길손이 스님이 철야정진을 하는 동안 감이 누나가 그리워지고, 외로워 혼자 자다 나와 우는 장면이다. 그리고 13)은 같은 시각 큰절에 남아 있는 감이 누나 역시 길손을 그리워하며 잠을 이루지 못하는 장면이다. 이 두 시퀀스에서는 길손의 울음과 감이 누나의 어두운 침묵이 대조되어 두 남매의 슬픔이 극대화되고 있다.

길손은 관음암에서 토끼와 다람쥐, 꿩 등을 쫓아다니며 놀지만, 이내 심심하여, 자신과 놀아주지도 않고 참선에 열중인 스님에게 "스님, 나하고 좀 놀자. 앉아있기만 뭐 해, 벽에 뭐가 있어? 벽만 보고 있을 거면 뭐하러 이곳까지 왔어. 큰절에도 벽이 얼마나 많은 데 ……"하며 울먹인다. 이 대사는 길손의 불만에서 나온 것이지만, 벽만 바라보고 하는 면벽수행은 큰절에서도 얼마든지 할 수 있다는 길손의 무차별적인 순수성을 함축한다. 길손은 얼음에 박힌 나뭇잎을 보고는 감이 누나와 개울가에서 단풍잎을 가지고 놀고, 가을 들길을 거닐던 장면을 회상한다. 14)가 바로 회상의 시퀀스와 관련된 장면이다. 이 작품에서는 길손과 감이 누나의 상황을 동시에 제시해 주는 몽타주 기법을 자주 사용하는데, 이는 서로를 그리워하는 남매의 우애를 시각화한 서사적 전략이라고 할 수 있다. 이러한 서사 기법은 문자 텍스트와는 구별되는 내면 서술의 문법이라는 측면에서 그 의의를 지닌다. 15)와 16)은 스님이 이것저것 구해올 것이 많아 마을에 다녀와야 한다며, 무서워 싫다는 길손에게 부처님과 관세음보살님이 계신데, 뭐가 무서우냐며 무서우면 마음을 다해 관세음보살님을 부르면 관세음보살님이 오신다고 길손을 달래고 길을 관음암을 떠나는 장면들이다. 17)은 '문둥병에 걸린 스님이 묵고 있다 죽은 곳'이라고 하여 아무도 출입하지 않는 퇴락한 법당에 들어가 길손이 관세음보살상과 만나는 장면이다. 금기를 깨뜨리는 길손의 순수함은 그곳에 모셔져 있는 관세음보살과 친해지는 계기가 된다. 마을에 내려갔던 스님은 폭설로 인해 산을 오르다 정신을 잃고, 스님을 기다리는 동안 길손은 법당을 깨끗하게 청소하고 그곳에 군불도 때고 자신이 관음암에 오게 된 이유를 이야기하는 등 관세음보살과 대화를 나눈다. 그리고는 관세음보살을 엄마라고 부른다. 18)과 19)가 이 시퀀스와 관련된 장면이다.

20)은 스님이 산가의 노인에게 간호를 받는 장면인데, 스님은 정신을 잃고서도 길손을 되뇌이고, 노인은 스님이 정신을 잃은 지 벌써 이틀이 되었다며 걱정하는 장면이다. 그러는 동안 길손은 마지막 남은 주먹밥을 솥 안에서 꺼내먹고, 오지 않는 스님을 기다리며 울먹이고, 가슴까지 쌓인 눈을 헤쳐 법당으로 올라가 관세음보살을 엄마라고 부르며 오늘도 눈이 엄청 와 세상이 모두 하얗다며 인사하고 자신이 너무 말을 안 들어 스님이 오지 않는다며, 잘못했다고 스님에게 빌며 흐느껴 우는 장면이 21과 22)이다. 길손은 "누나, 마음을 다해 불렀는데 엄마가 오지 않아. 엄마도 길손이가 미운가봐. 누나, 어떻게 하면 마음을 다하는 거냐?"라고 흐느끼며 누나를 외친다. 길손의 한결같은 마음과 간절함이 가장 두드러지게 형상화되는 부분이 바로 이 시퀀스이다.

23)은 봄 기운이 돌아 눈과 얼음이 녹고, 새싹들이 돋는 가운데, 스님 둘과 감이가 관음암을 오르는 장면이다. 산을 오르며 감이 누나는 자꾸 엄마를 찾으러 가자고 보채는 길손에게 따뜻한 봄이 오면 가자던 기억을 떠올리고, 스님은 개똥지빠귀 새 소리를 들으며 길손과 함께 산을 올랐을 때를 떠올리며 눈물을 흘린다. 엄마를 보고 싶어 하고 그리워하는 길손의 마음을 반복적으로 배치하여 모성에 대한 근원적 그리움을 부각시키고 있다는 점이 창작동화와 구별되는 차이점이다. 이들이 관음암에 도착하여 스님이 길손을 찾아 이 방 저 방으로 돌아다니는데, 감이 누나는 퇴락한 법당으로 가 그곳에서 마음의 눈을 뜨게 되고 엄마가 관음보살로 화하여 현시하

여 품 안에 길손을 안고 있는 모습을 본다. 그리고 장면 24)에서 보듯이 관음보살이 "이 어린 아이는 곧 하늘의 모습이니라. 오직 변하지 않는 그대로 나를 불렀으며, 나뉘지 않은 마음으로 나를 찾았다. 이 아이의 순수함이 세상을 밝게 비추리라."고 설법한다. 이 설법은 길손의 순수함, 곧 한결 같은 마음과 분별하지 않는 마음이 인간과 세상을 구원할 수 있음을 드러내고 있다. 25)는 관음보살의 설법이 끝나고 법당 마루에 누워있는 길손에게 스님과 감이 누나 일행이 예를 갖추는 장면이고, 26)은 죽은 길손을 보듬어 안으며 감이 누나가 길손과 대화를 나누는 장면인데, 이 시퀀스에서 감이 누나가 길손에게 "길손아, 우리 길손이 자니?" 하자, 길손이 "어, 누나 나 꿈꾸는 거야? 누나랑 같이?" 하며 감이 누나에게 엄마 꿈꾸라고 한다. 그리고 이어지는 서사가 바로 27)이다. 이 시퀀스는 엄마와 감이 누나, 길손이 봄꽃이 만발한 나무 아래에서 다정하게 지내는 서사로 계열화되어 있다. 이 시퀀스는 이들이 마음속에서 이미 하나가 되어 있음을 보여주고 있으며, 마음을 다한다는 것이 무엇을 의미하는지를 암시하고 있다.

이렇듯 애니메이션 「오세암」은 전설과 창작동화의 사건을 모성에 대한 그리움과 계열화하여 그것들과는 또 다른 이야기를 창조하고 있다. 그런데 애니메이션은 영화나 드라마처럼 서사만을 떼어서 단순화하여 논할 수 없다. 애니메이션 언어의 구성 원리는 조형성, 음악성, 서술성이 상보적으로 융합된 예술 장르이다. 애니메이션은 움직이는 그림을 통해 표현되는데, 그림은 배경이나 인물의 표정과 몸짓, 행위, 의상, 조명, 음악, 음향, '감독이 구사할 수 있는 표현적 도구로서의 미장센'38) 등의 애니메이션 미학적 요소들을 담고 있어

이 전체적인 체계를 통해서만이 그 의미를 읽어낼 수 있다. '애니메이션의 그림은 전체 서사의 흐름에 의해 조절·통제되며, 서사의 맥락에서 그 의미를 부여받는다.'[39]고 해서 서사소에 절대적인 지위를 부여하여 그것만을 분리해서 스토리 층위를 분석할 수 없다. 어느 하나가 전체를 지배한다고 볼 수 없는 것이다. '배치란 접속되는 항들에 따라 그 성질과 차원수가 달라지는 다양체'[40]이기 때문이다. 애니메이션 「오세암」의 스토리 층위에서 발견할 수 있는 한국의 가을·겨울의 풍경과 색채감, 동심을 자극하는 동요, 감이와 길손의 목소리, 엄마에 대한 아이의 정서, 참선과 기복의 한국 불교의 특성 등과 같은 요소들을 제거한다면, 과연 애니메이션 「오세암」의 차이화를 어떻게 설명할 수 있을까? 움직이는 그림을 표현하기 위해 1초에 24장의 그림이 필요한데, 이 그림에 담겨진 수많은 의미의 무늬를 제거하고 서사소만을 일반화하여 분석했을 때 여타의 서사장르와 애니메이션의 차이화를 얘기할 수 있는 것인가? 이러한 문제를 제기하는 이유는 스토리 층위를 분석할 때 단순히 서사소만을 구조화하여 대상으로 삼을 것이 아니라 쇼트나 신, 시퀀스에 담겨진 전체적인 맥락에서 스토리 구조를 분석해야 한다는 점을 말하기 위해서다. 물론 '그 동안 국내 애니메이션은 한국적 정서 쪽에 치중한 결과 상업적인 시나리오를 개발하는 데 실패했다'[41]는 지적도

---

38) 수잔 헤이워드, 위의 책, 127쪽.
39) 박기수, 「애니메이션 서사의 특성 연구」, 한양대학교대학원 박사학위논문, 2001, 10쪽.
40) 질 들뢰즈 / 펠릭스 가타리, 앞의 책, 21쪽.
41) 이지은, 「〈마리아 이야기〉, 〈오세암〉, 〈원더풀 데이즈〉 등 극장용 기획창작 애니메이션의 산업적 의미 및 제작모델 비교 분석」, 『국산 기획창작 애니메이션 발전을 위한 집중 심포지엄 자료집』, 영화진흥위원회, 2004,

있지만, 이는 한국적 정서를 부정하는 말은 아닐 것이다. 한국적 정서를 보편화할 스토리 구조, 그래서 '애니메이션의 본질이라 할 수 있는 마술적인 것, 즉 정지된 이미지를 조작함으로써 생기는 풍부한 색채, 흥미롭고 놀라운 움직임의 이미지'[42]로 그것을 표현할 수 있을 때 세계 애니메이션과 경쟁할 수 있을 것이다.

각기 다른 장르와 매체의 「오세암」은 이렇듯 전설을 차이화함으로써 어떤 하나의 중심, '일자'로 포섭되거나 동일화되지 않는 다양성을 지향하고 있다는 데 커다란 의의가 있다.

66쪽.

42) 조미라, 「한국 장편 애니메이션의 서사 연구」, 중앙대학교 첨단영상대학원 박사학위논문, 2004, 24쪽.

Ⅲ. 결 론

　이상으로 전설 「오세암」과 창작동화, 영화, 드라마, 애니메이션의 「오세암」을 담론층위에서 스토리 구조를 분석해 보았다. 특히 본고에서는 '차이화'의 관점에서 전설 내용을 모티프로 차용하면서도 어떻게 장르나 매체별로 스토리의 차이화를 이루어내고 있는가에 초점을 맞추어 분석해 보았다.

　각 작품의 재생성 과정을 보면 '① 전설 → 창작동화 → 애니메이션'과 '② 전설 → 창작동화 → 영화', '① 전설 → ② 창작동화 → ③ 드라마'의 세 계열로 나누어볼 수 있다. 이로 볼 때 드라마, 영화, 애니메이션 등은 창작동화의 또 다른 재생성 작품들이라고 할 수 있다. 이는 끊임없는 생성, 변화, 변이가 결국 이야기의 본성임을 잘 드러내주고 있다.

　그리고 매체별, 장르별 각기 차이화된 「오세암」은 전설 「오세암」을 원재료로, 창작동화, 영화, 드라마, 애니메이션 등으로 스토리 구조의 차이화를 꾀하고 있다. 먼저 전설 「오세암」은 구도와 자비의 정신이 스토리의 상위 계열을 이루고 있으며, 창작동화는 남매의 우의와 무차별적 동심, 그리고 모성에 대한 그리움을, 영화는 현실의 냉혹함과 인간성 상실, 사회의 폭력성 등에 대한 비판과 그 구원의 가능성을 구조화하고 있다. 한편, 드라마는 구도적 삶으로,

애니메이션은 모성에 대한 그리움으로 전설 「오세암」을 각기 계열화하고 있다.

　이러한 차이의 반복을, 이야기를 통한 욕망의 소통 또는 이야기의 소통 욕망이라고 해도 좋을 것이다. 그리고 그 욕망은 작가나 감독(연출가)이 모든 속박에서 벗어나 끊임없이 탈주하는 욕망 자체의 본질적 속성에 근거하여 억압적 권력(힘)에 저항하는 소통으로 이해할 수도 있을 것이다. 이 논문의 한계는 담론차원에서의 소통 경로(구조)에 대한 분석을 결여하고 있다는 점이다. 이 연구는 다음 과제로 넘기고자 한다.

　한 가지 짚고 나갈 것은 원형을 차이화하는 과정에서 '세계화'라는 덫에 빠져 또 다른 문화적 동일화의 오류를 범할 수 있는 위험을 경계하는 일이 무엇보다 중요하다는 점이다. 한국 애니메이션의 실패 원인을 세계화, 보편화의 실패로 귀착시키는 일은 좀 더 성찰할 필요가 있다. 세계화와 보편화가 무엇을 의미하는지를 차이화의 관점에서 재고할 필요가 있다. 그것이 자본의 논리에 종속되어, 거대 자본으로 흡수되어 또 다른 동일화 내지는 획일화되고, 상품화되어 문화만큼이나 다양하고 풍부한 고대의 지혜를 말살하는 것은 아닌지 회의해야 한다. 그리고 더 많은 원형을 발굴하고 차이화하는 작업에 게을렀거나, 성급한 경제논리의 잣대로 성패를 운위하는 것은 아닌지 따져볼 필요가 있다.

제2부

현대소설과 각색 드라마의 서사미학
– 현대소설 〈새야 새야〉와 각색 드라마 〈새야 새야〉를 중심으로 –

Ⅰ. 서론

　　본 논문은 신경숙의 소설 〈새야 새야〉[1]와 그 소설을 각색한 드라마 〈새야 새야〉[2]를 서사학적 관점에서 스토리 국면과 서사적 시간성, 그리고 서술태도와 내포작가 / 연출가의 관념적 태도의 상관성 등을 비교하여 서사적 특성을 규명함으로써 두 예술 장르의 통섭 가능성, 혹은 발전 방향을 모색하고자 한다. 원작 소설 〈새야 새야〉와 각색 드라마 〈새야 새야〉는 듣지 못하고 말도 못하는, 들을 수는 있으나 말을 못하는 장애 가족과 외상 후 스트레스장애(PTSD)로 정신병적 증상을 보이는 여자의 비극적 삶과 그 구원의 가능성을 독특한 '내면문체'와 HDTV의 참신한 영상문법으로 그려내고 있다. 특히 이 각색 드라마 〈새야 새야〉는 2006년 세계 국제 TV페스티벌인 '이탈리아상(Prix Italia)' 대상을 수상한 바 있다.

　　원작 소설과 각색 드라마가 동일하게 소통시키고자 하는 주제의식은 우리 삶의 주체가 어떻게 해야 타인과 세계와 '동질적인 몸'으로 살아갈 수 있는가라는 실존적 물음과 가능성을 내포하고 있다는

---

1) 이 논문에서는 문학과지성사판(1993년) 『풍금이 있던 자리』에 수록되어 있는 〈새야 새야〉를 저본으로 삼았다. 본문을 인용할 경우 쪽수만 밝히겠다.
2) 한국방송에서 제작한 HD TV문학관 〈새야 새야〉의 DVD를 저본으로 삼았다.

점에서 소통 경로로서의 서사적 문법에 주목할 필요가 있다. 따라서 본 연구는 먼저, 문자예술의 소설과 영상예술의 드라마가 서사예술이라는 동질성의 연을 맺고는 있지만, 각 매체의 특성에서 비롯하는 고유의 속성이 있으며, 그 속성으로 말미암아 독립된 예술장르를 형성한다는 관점을 전제한다. 이러한 전제는 이 연구의 목적이 결코 지난하면서도 무의미하게 소설과 드라마의 우열을 논하는 데 있지 않음을 의미한다.

우리의 매체 환경이 레지스 드브레의 구분처럼 '로고스페르(logosphere)'를 거쳐 '그라포스페르(graphosphere)', '비디오스페르(vidéosphere)'로 변해왔지만 주목해야 할 사실은 이 매체계(媒體界)가 결코 각 시기의 단절을 의미하는 것이 아니고 '내부적으로 긴밀한 연관 속에서 생활과 사고의 세계와 시각의 생태계를 그리고 따라서 시선이 기대하는 일정한 지평을 그리고 있다'[3]는 점이다. 이는 문자예술의 소설과 영상예술의 드라마나 영화가 결코 배타적 관계나 우열의 관계에 있지 않음을 시사한다. 그리고 소설이나 드라마가 소통 자체의 담론체계를 형성함으로써 융합의 가능성을 내포하고 있다는 사실은 두 예술장르가 문화 생산 및 소비의 요구에 적절하게 대응할 수 있는 학제적 소통의 근거가 될 수 있음에도 유념할 필요가 있다. 지난하면서도 무의미하게 한 예술장르의 범주에 갇혀 우열이나 본질과 비본질 등을 논하는 식의 폐쇄적 논쟁은 편협한 이데올로기의 부산물일 수밖에 없는 것이다. 문화 환경의 변화는 다양한 학제간·문화론적인 방향으로의 소통과 유통을 지향한다.

---

3) 레지스 드브레, 정진국 옮김, 『이미지의 삶과 죽음』, 시각과 언어, 1994, 248쪽.

지금까지 원작 소설과 각색 드라마를 비교 분석한 논문은 몇 편 되지 않는 실정이다. 텔레비전 드라마의 수요는 디지털 영상 기기의 보급이 확대됨에 따라 더욱 증가할 것이다. 특히 방송 환경이 아날로그 TV에서 디지털 전송 방식의 HD TV로 변화하면서 디지털 전송 방식으로 인해 고화질, 고음질의 영상과 음향이 보편화됨에 따라 드라마에 대한 시청자들의 욕구 또한 다양해질 것이다. 이러한 환경에 대응하기 위해 한국방송에서는 기존의 아날로그 텔레비전 시대의 'TV문학관'을 HD 텔레비전에 부응하는 'HD TV문학관'으로 전환하여 한국 현대소설을 드라마로 제작·방영함으로써 시청자들에게서 좋은 반응을 얻고 있다. 그렇지만 이 프로그램은 시청자들에게 원작 소설과 각색 드라마의 미학적 소통을 어떻게 수용해야 하느냐 하는 과제를 안겨주기도 했다.

따라서 서사학적 관점에서 원작 소설과 각색 드라마의 동질성과 이질성을 밝혀냄으로써 통섭의 가능성을 제시하고 두 예술장르 간 변증적 지양을 모색해 보는 이 연구의 목적은 시의 적절하며 나름대로의 의의를 띨 수 있을 것이다.

Ⅱ. 본론

1. 소통의 부재와 비실존적 삶의 서사화

원작 소설 〈새야 새야〉와 각색 드라마 〈새야 새야〉는 장애 가족, 즉 듣지 못하고 말을 못하는 어머니와 큰놈, 들을 수는 있어도 말을 못하는 작은놈이 철저하게 타자들에게 대상화되어 실존적 토대를 상실함으로써 죽음에 이르거나 죽음을 선택할 수밖에 없는 비실존적 삶의 과정을 서사화하고 있다. 특히 메를로-뽕띠의 '몸 현상학' 이론을 적용하여 '세계에의-존재'로서의 '몸'⁴⁾을 '존재의 주체적 방식'⁵⁾과 '지성적 활동의 근원이며 실존의 토대'⁶⁾로 규정할 경우 큰놈과 작은놈은 철저하게 '나씨'라는 인물에게 통제되고 억압되어 '몸의 지향성'을 잃고 스스로 자살한다. 물론 이 자살이 가족애 또는 모성애를 추구하는 심층적 의미를 함축하고 있는 것으로 읽힐 수도 있지만, 플롯 구조를 통해 그들의 실존적 삶이 어떻게 훼손되고 왜곡되었으며, 그 원인이 무엇인가를 심도 있게 규명한다면 그들의 자

---

4) 이 논문에서는 메를로-뽕띠가 『지각의 현상학』에서 말하는, 이른바 정신과 육체의 구별을 인정하지 않는 'embodiment'의 맥락에서 '몸'이라는 용어를 사용한다.
5) 정화열, 『몸의 정치』, 민음사, 1999, 267쪽.
6) 이종호, 「최인훈의 〈廣場〉 연구」, 『현대소설연구』 제34호, 한국현대소설학회, 2007, 108쪽.

살은 사랑의 상실과 소통의 부재에서 비롯한 '몸 - 관계망'의 파괴라
는 비실존적 삶의 실상을 폭로한 것으로 의미화할 수 있다.

원작 소설과 각색 드라마의 스토리 국면을 분절해 보면 다음과
같은 플롯과 시퀀스로 이루어져 있다.

	소설	드라마
	(프롤로그) 어느 봄날, 한 거름뱅이 여인이 골짜기로 내려가 버려진 삽으로 땅을 파고 여자와 남자의 얼음이 덜 풀린 몸을 묻어주고, 썩어가는 개의 피 묻은 뜬눈도 감겨주고 가던 길을 갔음.	
(1)	겨울밤, 작은놈이 우물 안에서 여자를 데리고 나와 어딘가를 향해 걸어가며 뒤따르는 개를 쫓지만 개가 계속 따라붙음.	어둑한 겨울 밤, 작은놈이 우물 바닥에서 여자를 데리고 나와 눈 쌓인 길을 걸어 어딘가를 향해 감.
(2)	작은놈이 불탄 큰놈의 집 자리를 바라보며 사랑한다는 말을 할 수만 있다면 어머니, 큰놈, 작은놈 셋이서 행복하게 살았던 한 시절에 주고 가고 싶다고 생각함.	불에 다 타 뼈대만 앙상하게 남은 집을 바라봄.
(3)	큰놈과 작은놈이 글을 배우기 시작했으나 큰놈은 글을 깨치려 들지 않았으며, 작은놈이 쓰고 읽는 걸 예사로 할 즈음, 어머니가 자리에 누움.	어린 시절 어머니와 큰놈, 작은놈이 행복하게 살아감.
(4)	작은놈이 미래라는 이름의 여자와 편지 왕래를 하였으나, 여	작은놈은 또래 아이들의 입에서 소리가 난다는 사실을 알고 이상

	자가 작은놈을 찾아와 작은놈이 말을 못하는 사람임을 알고 돌아다도 안 보고 뒤돌아감.	하게 여기고, 큰놈은 자신들의 입에서는 소리가 나지 않는다는 것을 알게 됨.
(5)	나씨가 큰놈의 아내가 다른 사내와 여관에서 자고 있는 걸 알고, 돈뭉치를 받아와 큰놈에게 아내를 포기하라고 설득함.	철길 옆 굴 안에서 있는 걸 본 어머니는 큰놈과 작은놈의 종아리를 때리며 다시는 철길에 가지 말라고 함.
(6)	큰놈이 작은놈에게 글씨를 써 달라고 하여 편지와 그 사내에게서 나씨가 받아온 돈뭉치를 벽장에 있던 아내의 가방에 넣어둠.	큰놈과 작은놈이 나씨에게 글을 배우지만 큰놈은 들을 수 없어 나씨의 말을 듣지 못해 답답해 하다 뛰쳐나감.
(7)	어린 시절, 작은놈은 같은 또래의 아이들의 입에서 소리가 난다는 것을 알았지만, 소리를 들을 수 없었던 큰놈은 그마저 모름.	어머니가 나씨에게 돈과 가락지 따위를 주며 큰놈과 작은놈을 보살펴 달라고 부탁하고는 큰놈과 작은놈이 마당에서 노는 모습을 보며 죽음.
(8)	큰놈의 아내가 찾아와 가방을 가져감.	큰놈과 작은놈이 청년이 되어 우애있게 지게를 지고 나무를 하러 감.
(9)	큰놈이 철길을 베고 자살함.	나씨 집에 나씨 친구의 딸이 요양하기 위해 찾아오고 큰놈과 작은놈의 처지를 알고는 여자가 이들을 가엽게 여기고 큰놈과 함께 살게 됨.
(10)	어린 시절 어머니는 철길에 가는 것을 한사코 금하였지만, 큰놈과 작은놈은 철길 옆 언덕에 굴을 파고 그곳에 엎드려 철길을 내다보았음.	작은놈이 책을 보다 펜판 난에서 김미래라는 이름을 발견하고 그 여자와 편지 왕래를 함.
(11)	어느 날, 굴 안에 큰놈과 작은	큰놈의 아내가 큰놈에게 대화를

	놈이 있는 걸 발견한 어머니는 큰놈과 작은놈의 종아리를 때리고 성이 풀린 후, 물수건으로 핏자국을 눌러주며, 말도 못하고 귀먹은 사람이 철도 침목을 베고 누워 자살할 수밖에 없었던 사정을 이야기함.	하고 싶다고, 침묵 속에 사는 것이 싫다고 울먹이며 집을 뛰쳐나감.
(12)	작은놈이 철길에서 숨겨달라는 말밖에 할 줄 모르는, 정신 잃은 여자를 만나 집에 데려왔으나 나씨와 그의 아내가 못마땅하게 여겨 내쫓으려 함.	김미래라는 여자가 작은놈을 찾아오지만, 작은놈이 말을 못하는 것을 알고는 그대로 돌아감.
(13)	나씨가 여잘 내보내라고 하자 작은놈은 큰놈이 나씨만 아니었어도 형수를 기다리며 살았을 거라고 생각함.	큰놈의 아내가 서커스 단원과 사귀게 되어 집을 나가고, 큰놈은 아내가 돌아올 거라 믿으며 기다리지만, 나씨가 여관에 있던 큰놈의 아내와 서커스 단원에게서 돈뭉치를 받아다 큰놈에게 주며 여자를 포기하라고 설득하지만 큰놈은 나씨를 원망함.
(14)	처음에 작은놈은 여자가 애를 가졌을 거란 생각을 하지 않았지만, 애를 가졌어도 그저 여자와 살고 싶은 마음은 달라지지 않았을 거라 생각함.	큰놈이 작은놈이 편지를 써달라고 하여 편지와 돈뭉치를 아내가 벽장에 놔두고 간 가방에 넣어두고 아내의 치마로 얼굴을 감싸며 흐느낌.
(15)	나씨가 여자의 배가 불러오는 것을 구실로 여자를 시립병원에 보내겠다는 말을 하고부터는 여자가 아예 우물 속에 들어가 지냄.	큰놈의 아내가 찾아와 가방을 가져가고, 큰놈은 자신의 집에 불을 지른 뒤, 결국 철길을 걸으며 자신의 아버지가 철길을 베고 자살하는 장면을 회상하고 자신도 철길에서 자살함.

(16)	작은놈은 여자가 하는 대로 내버려두면 여자는 행복할 것 같다고 생각함.	큰놈이 죽은 후, 작은놈이 살려달라는 말만 할 줄 아는, 정신을 잃은 여자를 만나 나씨의 집으로 데려와 가까워지지만, 나씨 부부는 그녀를 작은놈에게서 떼어놓으려 함.
(17)	눈보라가 거세지는 가운데, 작은놈과 여자가 작은놈 어머니의 무덤에 도착함.	작은놈은 여자와 함께 여자의 배가 불러오는 것을 보고 신기하게 생각하며 행복해 하지만, 나씨는 내일 시립병원에서 사람들이 와 여자를 데려갈 거라고 작은놈을 윽박지름.
(18)	작은놈이 메고 온 자루를 풀고 삽을 꺼내 어머니 무덤을 파고는 여자의 몸을 끌어안고 무덤을 열어달라고, 삼켜달라고 애원함.	작은놈이 이대로 내버려두면 자신도 행복하고 여자도 행복할 거라며, 큰놈도 그냥 형수를 기다리며 살게 내버려두었어야 했다고 항변함.
(19)	개가 비명을 지르다 나뒹굴고, 그들의 몸은 이미 한없이 아늑한 웅덩이 안에 들어와 있음.	여자가 자다 깨어 나씨를 보고는 숨겨달라며 방구석에 움츠리더니 우물 안으로 들어가 편안히 잠이 들음.
(20)		어두운 밤 작은놈이 조심스럽게 나씨의 집에서 나와 우물 안으로 들어가 여자를 깨워 데리고 나와 눈길을 걸어 어딘가로 향함.
(21)		작은놈과 여자가 작은놈의 어머니 무덤에 도착하여 작은놈이 무덤에 엎드려 엄마를 부르며 무덤을 열어달라고, 숨겨달라고 애원함.
(22)		작은놈이 짊어지고 왔던 자루에서 삽을 꺼내 무덤을 파기 시작하

		데, 무덤이 갈라지고 곧 이어 봄 꽃이 만발한 거리를 작은놈과 여자가 걷는데 멀리 어머니와 큰놈이 보이자 달려가 함께 포옹하며 기뻐함.
(23)		어머니의 무덤과 그 앞에 꽂혀 있는 삽이 화면에 제시됨.

위에서 제시한 원작 소설의 플롯 구조는 다음과 같은 연쇄체로 대별해 볼 수 있다. 큰놈과 작은놈이 어린애였을 때 '말도 못하고 귀먹은' 아버지는 혼자 힘으로 살 수 없어 형을 찾아왔지만 문조차 열어 주지 않아 철도 침목을 베고 자살을 한다. 또한 아버지처럼 말도 못하고 듣지도 못하는 어머니는 큰놈이 읽을 줄만 알고 작은놈은 쓸 줄도, 읽을 줄도 알 즈음에 병으로 죽게 된다. 큰놈은 그 아내가 한 사내와 여관에 함께 있는 것을 발견한 나씨가 그 사내에게서 돈뭉치를 받아온 일이 있은 후, 아내가 자신에게서 아주 떠나자 집에 불을 지르고 아버지와 마찬가지로 철길에서 자살한다. 또한 작은놈은 자신과 편지 왕래를 하며 사랑한다고 고백까지 했던 '미래'라는 여자가 직접 와서 작은놈을 보고는 돌아다도 안 보고 떠나자 다시는 글씨 따위는 쓰지 않았을 정도로 심한 충격을 받는다. 그리고 큰놈이 자살한 후, 작은놈은, 숨겨달라는 말밖에는 할 줄 모르는, 배가 점점 불러오는, 식탐이 지독한 여자를 만나 사랑하게 되지만 작은놈이 의탁해 사는 나씨가 그 여자를 자신에게서 떼어놓으려 하자 결국 여자와 함께 어머니의 무덤으로 가 동사한다.

이러한 이야기 거시 구조는 다시 곤궁한 처지를 비관한 아버지의 자살과 어머니의 병사, 실연이 동기가 된 큰놈의 자살, 사랑을 지키기 위해 선택한 작은놈의 자살 등의 모티프로 정리할 수 있다. 이와 같은 핵심 모티프들은 작은놈이 자신의 어머니 무덤으로 여자를 데리고 가는 노정에 삽입되어 서술되고 있는데, 이러한 모티프 전개는 드라마의 시퀀스와 별반 차이가 없다. 한편, 위의 표에서도 드러나듯이, 원작 소설의 플롯은 '결합 모티프'[7]로 이루어져 있어 독자의 상상력을 통해 사건의 인과적 관계를 유추해 내야 하는 구조로 이루어져 있다. 이에 비해 각색한 드라마의 플롯은 사건의 인과적 관계를 분명하게 드러내기 위해 '결합 모티프'와 '자유 모티프'를 자연스럽게 연계하여 서술함으로써 서사 과정의 실상을 구체적으로 제시하는 구조를 지향하고 있다.

먼저 원작 소설은 한 거름뱅이 여인이 길을 가다 버려진 삽으로 한나절 땅을 파고는 죽어 얼어 있는 여자와 남자의 몸을 묻어주고 썩어가는 개의 뜬눈도 감겨주고는 가던 길을 갔다는 프롤로그에서 시작한다. 그런데 이 프롤로그는 이 작품 전체의 내용을 이해하는 데 매우 핵심적인 서사 지표라고 할 수 있다. 이 작품의 결말 구조, 즉 작은놈과 여자, 그리고 개의 운명을 암시하고 있기 때문이다.

---

7) 토도로브는 또마체프스끼의 제시한 모티프의 범주를 그대로 인용하여 모티프를, 사건의 인과적 관계 때문에 생략해서는 안되는 모티프를 '결합 모티프', 생략해도 서술되는 사건들 사이의 시간적 및 인과적 관계를 파괴하지 않는 모티프를 '자유 모티프'로 분류하고 있다. 이러한 모티프 분류는 롤랑 바르뜨의 '주 기능 단위'와 '촉매 기능 단위'와도 대응되는 개념이다. (츠베탕 토도로브, 곽광수 역, 『구조시학』, 문학과지성사, 1992, 103쪽. Roland Barthes, "Introduction a lanalyse structurale du récit", *Communication* N° 8, Paris, Seuil, 1966, 12 - 17쪽.)

1) 사랑한다는 말을 단 한번 세상의 공기 속에 섞어놓을 수 있다면……
눈과 달빛과 바람에 휘감긴 큰놈 집을 건너다보는 작은놈의 눈에 큰놈의
휑뎅그런 눈이 잠겨온다. 그럴 수만 있다면……마음자리 마디마디에 접붙
여져 짙푸르게 응이진 그 말을……〈중략〉……그렇다면 저 집의 한 시절에
게 주고 가고 싶다. 어머니와 큰놈과 셋이서 살던 그 시절에게로(184쪽)

2) (살아가는 게 슬픈 생각이 든다. 당신도 그러하겠지만 슬퍼도 당신은
그에 버금가는 힘을 가졌으면 한다. 이 돈으로 기차를 타고 먼데루 가라.
그리구 행복하여라.)(195쪽)

3) 어디선가 형수를 찾아내 큰놈과 살게 해준 것도 나씨였지만 형수가
큰놈에게 다시는 못 돌아오게 한 것도 나씨였다. 사람을 서넛이나 데리고
가 형수를 사납게 드러내놓았으니 형수로서도 이 마을 쪽에 대고는 머리도
빗고 싶지 않을 것이었다. 집으로 돌아올 여자가 아니라서였다지만 나씨가
그 사내에게서 돈을 받아오자 큰놈은 기다림을 끝냈다. 그러지만 않았어도
큰놈은 얼마든지 형수를 기다렸을 것이다. 그것이 턱없는 헛것이어도 그
기다림은 살아가는 그루터기가 돼주었을 것이다. 그 사내로부터 돈만 받아
오지 않았어도 큰놈은 형수를 기다리느라 철길을 베고 잠을 자는 따위는
하지 않았을 것이다.(201쪽)

4) 그게 바람을 불어넣는 장난이 아니고 여자가 진짜 아이를 뱃속에 넣
고 있다고 해서 그저 여자와 살고 싶은 작은놈 마음이 달라질 건 없었다.
하지만 나씨는 아닌 모양이었다. 그러잖아도 어찌해서든 여자를 작은놈에
게 떼어놓으려던 참에 여자의 불러오는 배는 맞춤한 구실이었다.(202쪽)

5) 삽질 소리가 황량함과 적요함을 철경철경 울린다. 막상 작은놈은 두
려움에 얼마간 숨을 죽인다. 저기로 가려는 것이 여자에게 실망일 것인지
기쁨일 것인지. 식었던 몸에 삽질이 다시 땀을 돋게 한다. 얼마 지나 작은

놈은 삽을 눈 위에 던지고 차가워지는 여자를 끌어안고 무덤을 두드리고 있다.

　(어머니)/ (……)/ (어머니, 열어주세요.)/ (……)/ (작은놈이에요. 사, 삼 켜주세요.) …〈중략〉…

　그들의 몸은 이미 안에 들어와 있다. 밑으로 밑으로 한없이 아늑한 웅덩이다. 어딜 그렇게 헤매고 다녔던 것인지.(205 - 206쪽)

위의 예문들은 실존적 삶을 주체적으로 살아낼 수 없었던 작은놈의 가족, 특히 큰놈과 작은놈이 실존의 토대라고 할 수 있는 사랑의 진정성을 어떻게 상실하고, 그로 인해 타인 또는 세계와 소통이 어떻게 단절되어 '어머니의 몸'으로 회귀하는가를 작은놈이나 서술자의 발화로 제시해 주고 있다. 예문 5)의 무덤은 곧 '어머니'의 환유적 표현일 수 있기 때문이다. 먼저 1)의 예문은 발단 부분으로서 작은놈이, 어두운 겨울 밤, 물이 마른 우물 안으로 들어가 그 곳에서 자고 있는 여자를 데리고 눈 쌓인 길을 걸어 어머니의 무덤을 찾아가는 과정에서 고샅을 지나 신작로로 나왔을 때 신작로 가상에 위치한 다 불탄 큰놈의 집 자리에 눈이 종잇장처럼 가벼이 쌓이는 것을 바라보며 느끼는 작은놈의 내면을 서술한 장면이다. 이 장면에서 '사랑한다'는 말을 단 한 번만이라도 세상에 표현하고 싶어 하는 작은놈의 심정은 작은놈의 존재성을 규정하는 한편, 소통의 간절함을 드러내고 있다는 점에서 이 작품의 주제의식이나 내포작가의 관념적 태도와 조응하고 있다. 즉 작은놈과 그 가족은 일방적으로 타자화되어 '사랑'과 '소통'의 실존적 토대를 상실했으며, 그로 인해 그들은 철저하게 세계와 단절되고 차단된 비실존적 삶 속에서 죽음을 선택하는 것이다.

이들 가족의 삶은 소외된 삶 자체라고 할 수 있다. 작은놈의 아버지는 살기 어려워 형을 찾아가 도움을 청하나 철저히 외면당하여 자살하며, 어머니는 병으로 죽고 만다. 그리고 2)와 3), 4)의 예문에서 드러나듯이 큰놈과 작은놈은 사랑의 진정성을 통해 끊임없이 타인과, 세계와 소통하고자 하나, 그들이 의탁해 살았던 나씨가 그들을 억압하고 통제함으로써 그들은 '사랑'을 상실하고 스스로를 폐쇄해 버린다. '사랑의 대화론적 실존이 소통, 곧 트임의 관계성을 구축하고, 그 트임의 관계가 그들 삶 전체의 실존적 의미망을 확산해 나아가는 것'[8]이라고 할 때, 결국 그들의 삶은 사랑의 진정성을 탈취당여 관계망을 확대하지 못하고 자기의 세계에 고립되고 마는 비실존성을 그대로 보여주고 있는 것이다. 물론 그들의 자살은 모성애 혹은 가족애로의 회귀라는 의미를 지니는 동시에 원형적 사랑에 대한 탐구라는 의미를 내함하기도 하지만, '방어기제로서의 고립화'[9]라는 의미로도 해석할 수 있다. 이는 원작 소설이나 각색한 드라마에 등장하는 '굴', '우물 안', '웅덩이 같이 아늑했던 집', 무덤의 '아늑한 웅덩이'와 같은 모티프들이 사랑의 원형 혹은 모성애, 도피처를 상징하는 공간 지표라는 점과 밀접하게 연결되어 있다.

각색한 드라마에서는 생략되어 있지만, 원작 소설에서 비중 있게 등장하는 모티프가 바로 '개'이다. '개'는 작은놈이 나씨의 대문을 열고 나오면서부터, 우물 안에 있던 여자를 데리고 어머니의 무덤에 도착하기까지 작은놈을 쫓아오며 괴롭혔던 존재이다. 결말 구조에

---

8) 이종호, 앞의 논문, 121쪽.
9) 미국 정신분석 학회 편, 이재훈 외 옮김, 『정신분석 용어사전』, 한국심리치료연구소, 2002, 143 - 147쪽.

서 이 '개'는 작은놈의 손에 죽임을 당한다. 그런데 '큰놈과 나씨', '작은놈과 나씨'의 대립적 관계라는 맥락성을 고려하면 '개'는 '나씨'의 은유적 등가물이라고 할 수 있다. 작은놈과 여자의 관계를 강압적으로 떼어놓으려는 '나씨'와 나씨에게서 벗어나려는 작은놈과 여자를 필사적으로 좇으며 방해하는 '개'는 맥락적으로 일치한다. 그리고 여자에 대한 작은놈의 사랑의 진정성을 훼손한다는 측면에서 '나씨'와 '개'는 맥락적 유사성을 띤다고 할 수 있다. 따라서 작은놈이 어머니의 무덤에서 '개'를 죽이는 행위는 지금까지 자신의 실존적 삶을 억압하고 통제하던 '권위적 몸'을 해체하는 행위로서의 의미를 함축한다고 할 수 있다.

한편, 각색 드라마 〈새야 새야〉는 원작 소설의 핵심 모티프를 거의 차용하면서 원작에서는 상상력을 발휘하여 인과적 관계를 유추해야 하는 서사 단위를 보충하거나 원작에는 아예 없던 내용을 새롭게 추가하여 사건의 인과성을 강화하는 한편, 극적 현실감을 배가하고 있다. 이러한 서사 전략은 원작 소설을 드라마로 각색할 때 '원작의 주제와 중요 모티프가 변질되면 원작의 철학성이 무시될 수 있다'[10]는 각색 드라마의 한계를 의식한 선택이라고 할 수 있다. 위에 제시한 '플롯 / 시퀀스의 구조'를 중심으로 드라마에서 추가한 중요 시퀀스를 살펴보면, (8), (9), (11), (13), (22), (23) 등이다. 특히 (9)와 (11), (13)의 추가 시퀀스는 사건의 인과성을 강화하는 한편, 드라마의 특성인 '시간적·공간적 동시성'과 '체험의 이중성'[11]

---

10) 윤오숙, 「각색된 텔레비전드라마와 원작의 비교 연구」, 중앙대학교신문방송대학원 석사학위논문, 1988, 21쪽.
11) 오명환, 『텔레비전 드라마 사회학』, 나남출판, 1994, 25 - 26쪽.

을 획득하기 위한 서사 전략이라고 할 수 있다.

물론 이 시퀀스 외에 큰놈과 작은놈이 또래 아이들에게 놀림을 당하는 장면, 어머니가 죽기 전 나씨에게 돈과 가락지를 주며 두 형제를 부탁하는 장면, 어머니가 마당에서 노는 큰놈과 작은놈을 보며 죽어가지만, 두 형제는 그 사실을 모르는 채 구슬치기에 열중하는 장면, 나씨 친구의 딸이 요양하기 위해 나씨 집에 기숙하게 됨으로써 여자가 두 형제의 처지를 알고 큰놈에게 관심을 보이고 결국 여자가 큰놈의 아내가 되는 과정, 큰놈의 아내가 다리를 건너 떠나는 장면, 큰놈이 다리 난간에 앉아 떠난 아내를 기다리는 장면, 작은놈을 따라온 여자가 성폭행을 당하는 장면 등이 추가되었다. 또한 원작 소설에서는 어머니와 큰놈, 작은놈이 방안에 있는 동안, 그들의 집에 아이들이 기어들어 감을 따가거나 자두를 따갔다는 서술이 드라마에서는 어머니와 큰놈, 작은놈이 방 안에서 삶은 고구마를 먹고 있는 동안 아이들이 부엌에 들어가 솥뚜껑을 열고 고구마를 꺼내서 달아나는 장면으로 바뀌어 제시되고 있다. 그런가 하면 어린 시절 작은놈의 가족이 행복했음을 상징하고 있는 고구마와 나씨 집에 찾아온 여자가 큰놈에게 보이는 관심을 환유하는 장갑과 찬합에 정성스럽게 담은 반찬 등은 각색한 드라마에서 추가한 상징기표로 드라마의 형상력을 높여주는 주는 데 기여하고 있다.

서사적 인과성과 주제를 강화하거나 원작의 내용을 좀 더 사실적으로 형상화하기 위해 추가한 대표적인 시퀀스는 다음과 같다.

　미장센이 탁월한 1)은 어머니와 큰놈, 작은놈이 행복하게 지냈던 시절을 시간 역전의 기법으로 극화한 신이다. 회상한 전심초점 기법의 풀 쇼트로, 특히 누추한 삶의 환유로 읽히는 장롱, 그 위에 얹어놓은 이불, 큰놈 측면에 있는 콩나물 시루와 고구마를 굽는 화로를 가운데 두고 놀이를 하는 어머니와 큰놈, 작은놈의 즐거워하는 모습이 서로 대조를 이루어 유년의 행복감을 부각시키고 있다. 특히 전경의 '콩나물 시루'는 단란한 이들 가족의 모습을 은유화한 이미지라고 할 수 있지만, 소통 부재의 소외된 이들 가족의 연약함을 상징하는 기표로도 읽을 수 있을 것이다. 사실적인 미장센으로 이

루어진 이 신은 각종 시각적, 서사적 정보를 통해서 아늑하면서도 단란한 유년 시절의 극적 분위기를 효과적으로 창출하고 있다. 어머니와 큰놈, 작은놈이 어울려 구김 없이 노는 모습과 조화를 이루는 방 안의 구조와 사물의 배치는 '대상들에게 감정과 생각들을 표현할 수 있는 힘을 주고 또 그 대상들을 살아 움직이는 감정의 집합체로 만들어서 다양한 역학적 유형들을 창조'[12]하는 미장센의 역할을 확인시키고 있다.

그리고 하이앵글로 포착한 익스트림 롱 쇼트의 2)는 큰놈이 몸이 아파 밥도 혼자 챙겨먹어야 한다는 작은놈의 말을 듣고 큰놈의 집으로 여자가 먹을 것을 가져왔다 돌아가야 하는 길에 눈이 쌓여 있자 여자를 생각하여 큰놈이 맨손을 불어가며 눈을 치우게 되는데, 그 장면을 본 여자가 감동하여 큰놈과 포옹하는 쇼트이다. 이 쇼트는 '클로즈업 쇼트보다 여백을 이용한 회화적 느낌으로서의 미학적 구성방법으로 롱 쇼트(long shot)를 선호하는'[13] HDTV의 특성을 고려하여 겨울 밤 사랑의 아름다움과 순결함을 흰눈과 공간적 여백으로써 형상화하고 있는 것이다.

1)과 같은 미장센과 촬영 기법의 3)은 작은놈이 미래라는 여자에게 온 편지를 자랑하자, 큰놈과 그의 아내가 그 편지를 함께 읽어보며 행복해 하는 장면이다. 작은놈의 부끄러워하면서도 뿌듯해 하는 모습이 강조되어 나타나 있다. 4)는 '플롯 / 시퀀스의 구조' (11)의 시퀀스와 논리적 연쇄체를 이루는 장면으로 큰놈이 나씨네 농사

---

12) 이효인, 『영화미학과 비평입문』, 한양대학교 출판부, 1999, 78쪽.
13) 권중문, 「TV 드라마의 영상표현에 대한 연구」, 『AURA』 12권, 한국사진학회, 2005, 100쪽.

일을 돕는 동안 그의 아내는 읍에 나가 서커스를 구경하는 상황을 하이앵글로 클로즈업한 장면이다. '다른 색과 비교를 통해서 사람들은 색을 인식하는데 이러한 색은 우리의 감성과 지각작용에 직접적으로 영향을 미치는데'[14] 주변 사람들과 대비되는 큰놈 아내의 화려한 의상 색채는 하이 앵글로 잡은 그녀의 모습과 함께 그녀가 도회지에서 온 만큼 세련되었음을 드러내기도 하지만 그녀가 큰놈과의 생활에 만족하지 못하고 또 다른 사랑을 갈망하고 있다는 내면의 서사지표라고 할 수 있다. 이러한 해석은 그녀가 올려다보는 대상이 바로 줄타기 곡예를 하는 서커스 단원이고, 큰놈의 아내가 바로 그 서커스 단원과 사랑에 빠져 큰놈을 떠난다는 서사적 맥락과 연결되어 있다.

클로즈업 쇼트의 5)는 '플롯 / 시퀀스 구조'의 (15)와 관련한 서사 내용으로 큰놈의 아내가 밤에 벽장에 넣어둔 가방을 찾으러 오자 작은놈이 형수의 마음을 돌이키려 애쓰지만, 이미 돌이킬 수 없음을 알고 벽장에 있는 가방을 꺼내가자, 잠든 체하고 있던 큰놈이 그 사실을 알고 눈물을 흘리며 주먹을 깨무는 쇼트이다. 이 쇼트의 서사 내용은 원작에 없는 내용이지만, 그의 아내가 가방을 들고 다리를 건너는 장면에서 큰놈이 작은놈에게 부탁해서 써 돈뭉치와 함께 가방에 넣어준 편지 내용, 즉 "살아가는 게 슬픈 생각이 든다. 당신도 그러하겠지만 슬퍼도 당신은 그에 버금가는 힘을 가졌으면 한다. 이 돈으로 기차를 타고 먼데루 가라. 그리구 행복하여라."가 자막과 동시에 큰놈의 보이스 오버 내레이션과 논리적 연쇄체를 이

---

14) 권중문, 위의 논문, 101쪽.

루며 큰놈이 아내를 얼마나 사랑했는가 하는 사랑의 진정성을 강조
하는 한편, 자신의 아내가 온 줄을 알면서도 '아름다이' 보내려는
큰놈의 슬픔의 깊이가 어떠한가를 시청각적으로 감각화하고 있다.
이러한 드라마의 서술 의도는 벽장의 위치를 원작 소설과 다르게
설정하고 있는 데서도 읽을 수 있다. 원작 소설에서는 큰놈 아내의
가방이 마루의 벽장 안에 있는 것으로 되어 있지만, 드라마에서는
큰놈 방에 벽장이 있는 것으로 설정하여 작은놈이 큰놈 아내의 부
탁을 거절하지 못하고 가방을 들고나가는 것을 큰놈이 알고 슬퍼하
지만, 끝내 그 슬픔을 참아내게 되는 데, 카메라는 이 장면을 클로
즈업으로 영상화함으로써 아내에 대한 큰놈의 사랑과 그 사랑의 진
정성을 부각시키면서 동시에 큰놈의 상실감과 절망감의 정도를 밀
도 있게 형상화하고 있는 것이다.

원작 소설과 가장 두드러진 차이를 보이는 시퀀스가 바로 풀 쇼
트의 6)이다. 텔레비전 드라마의 속성인 환상성을 잘 구현하고 있
는 이 쇼트는 '플롯 / 시퀀스의 구조'(22)의 서사 내용으로, 작은놈
이 어머니의 무덤 위를 파고는 손으로 헤치자 무덤이 갈라지면서
빛이 새어나오고 이어 디졸브의 편집 기법으로 신이 전환되어 벚꽃
이 흐드러지게 피어 휘날리는 낭만적인 숲길을 작은놈과 여자가 즐
겁고 건강한 모습으로 거닐다 어머니와 큰놈을 발견하고는 이내 달
려가 포옹하고 함께 기쁜 마음으로 거니는 결말 부분의 장면이다.
먼저 이 결말 구조의 계절적 배경은 작은놈과 여자가 어머니의 무
덤에서 동사하는 겨울 신과 자연스럽게 연결되어 있어 '겨울 → 봄'
이라는 계절의 순환성을 함축하고 있다. 실제로 각색 드라마는 '봄
→ 여름 → 가을 → 겨울' 사계절의 순환 구조를 통해 이야기를 전개

하고 있다. 이러한 순환성을 통해 작은놈 가족과 여자의 죽음 그리고 다시 작은놈 가족과 여자의 재생과 만남이라는 의미와 함께 만물은 모성적 근원으로 회귀한다는 순환적 의미를 드라마의 서사 구조는 내포하고 있는 것이다. 특히 큰놈과 작은놈이 어렸을 적 큰놈이 글씨를 배우다 들리지 않아 답답하여 뛰쳐나가 산으로 올라가 슬퍼하고 있을 때, 큰놈과 큰놈을 뒤따라온 작은놈을 어머니가 품안에 감싸 안으며 슬픔을 다독여주는 장면과 이 서사 단위에서 큰놈과 작은놈, 그리고 부모가 없는 여자를 함께 가슴으로 안아주는 장면은 모성적 사랑으로의 회귀를 통해 사랑의 진정성을 탐구하는 동시에 '감정이입을 일으키기 쉬운 일반 시청자의 정서에 호소함으로써 일반 대중들에게 공동체적 정체성을 부여해 주는'15) 드라마의 속성을 활용하여 차별 없는 사회를 지향하고자 하는 연출가의 의도를 강하게 반영한 것으로 볼 수 있다. 6)의 서사 내용이 시퀀스 (23)과 이어지고 있다는 데서도 이러한 해석은 가능하다.

원작 소설의 플롯 구조는 결말과 프롤로그를 인과적으로 배치함으로써 작은놈 가족의 비극적 운명과 모성애로의 회귀라는 주제의식을 암시적으로 제시하고 있다. 각색 드라마의 시퀀스 역시 계절의 순환성을 상징적으로 제시하면서 원작과 동일한 주제의식을 형상화하고 있다. 이러한 이야기 구조는 시모어 채트먼이 분류하고 있는 '비운의 플롯'16)이자, 삶의 실존적 문제를 제기하는 '폭로의 플

---

15) 오연희, 「문학의 확장과 현대의 신화」, 『한국언어문학』 56권, 한국언어문학회, 2006, 280쪽.

16) 시모어 채트먼은 플롯을 크게 '비운의 플롯', '행운의 플롯'으로 분류하고 다시 '비운의 플롯'은 선한 주인공이 실패한 경우, 사악한 주인공이 실패한 경우, 고귀한 주인공이 자신의 오판 때문에 실패한 경우로, '행

롯'[17])으로 유형화할 수 있을 것이다. 듣지 못하고 말 못하는 어머니와 큰놈, 말은 못하지만 들을 수는 있었던 작은놈의 선한 장애 가족이 타인에게 대상화 되어 관계망으로서의 '세계에의-존재'적 삶이 부정되고 억압되면서 소통이 불가능해짐으로써 실존적 상황과 차단되고 그 토대를 상실하여 죽음을 선택할 수밖에 없는 비실존적 삶의 과정을 부조해 내는 동시에 그러한 삶에 대해 실존적 문제를 제기하고 있기 때문이다.

2. 시간 역전의 미학과 인물의 지향성

쥬네뜨는 서사적 시간을 순서·지속·빈도 등 세 개의 관계 범주로 설정하여 내적 시간 구조를 분석한 바 있다.[18] 이러한 서사 시간에 대한 분석의 근거는 소설이나 드라마, 영화와 같은 서사체 이야기에 존재하는 두 개의 시간, 즉 담화 시간과 이야기 시간에서 찾을 수 있겠다. 이러한 서사 시간의 구조로 말미암아 서사텍스트에는 시간적 지속의 변형과 연속의 전이라는 두 종류의 시간 왜곡이 일어나게 된다. 시간의 왜곡, 즉 사건의 연쇄적 순차로부터의

운의 플롯'은 사악한 주인공이 성공하는 경우, 무조건적으로 선한 주인공이 성공한 경우, 고결한 주인공이 일시적으로 오판하지만 종국에는 만족할 만한 설욕에 이르는 경우로 나누고 있다.(Seymour Chatman, *Story and Discourse*, Ithaca: Cornell University Press, 1978, 85쪽.)
17) Seymour Chatman, 위의 책, 48쪽.
18) Gérard Genette, *Narrative Discourse: An Essay In Method*, trns., J. E. Lewin, Ithaca; Cornell Unive. Press, 1980, pp.86 - 112.

일탈은 "심미적이거나 심리적인 효과를 강조하거나 불러일으키며, 사건에 대한 다양한 해석을 제시하고 기대와 실현 사이의 미묘한 차이점을 나타내기 위해서, 어떤 특정한 부분에 주목하게 하기 위한 수단"[19]이다.

따라서 시간 불일치의 양상은 시간적인 순차성으로부터의 일탈이 사건의 공간성·인과성·계기성과 조응해야 하는 서사 텍스트를 형상화하는 방식이자 내적 의미를 생성하는 원리로서 서술자를 매개로 내포작가나 연출가, 감독들이 추구하는 관념적 태도나 작품의 내적 필연성의 문제와 직접 맞닿아 있다.

한편 S. 채트먼은 쥬네뜨의 이론을 이어받아 시간 지속의 5가지 가능성을 다음과 같이 제시하고 있다.

> 지속은 서사물을 읽는 데 걸리는 시간과 이야기-사건 자체가 지속되는 시간과의 상호관계와 관련이 있다. 이에는 다섯 가지 가능성이 제시될 수 있다. 1) 요약: 담화시간이 이야기-시간보다 짧다. 2) 생략: 담화-시간이 제로인 상태를 제외하고는 1)과 똑같다. 3) 장면제시: 담화-시간과 이야기-시간이 동일하다. 4) 연장: 담화-시간이 이야기 시간보다 더 길다. 5) 휴지: 이야기-시간이 제로인 상태를 제외하고는 4)와 동일하다.[20]

시간 구조의 차원에서 볼 때, 원작 소설 〈새야 새야〉와 각색 드라마 〈새야 새야〉는 시간 구조가 동일하다고 할 수 있다. 즉 원작 소설 〈새야 새야〉와 각색 드라마 〈새야 새야〉를 담화 시간과 이야

---

19) Mieke Bal, *Narratology*, Second Edition, Toronto Buffalo London : University of Toronto Press, 2002. 82쪽.
20) S. Chatman, 앞의 책, 67 - 72쪽.

기 시간의 시간 구조에 주목하여 시간적 순서와 지속 등에 초점을 두고 보면, 소급제시(analèpse)와 사전제시(prolèpse) 중 소급제시의 '외적 회상'[21]의 시간 변형이 두드러지게 나타난다. 그러나 소급제시의 스토리 라인에서 다시 사전제시의 시간 왜곡이 일어나는 서사 전개의 특징을 보여주고 있다. 다시 말하면 일차 서사에서 이차 서사로 역전되고, 다시 이차 서사 내에서 사전제시와 소급제시의 서사 기법이 활용되고 있는 것이다.

이와 같은 시간 역전 양상은 서사의 틀을 구조화하는 과정에서 그만큼 원작 소설과 시나리오의 내포작가나 연출가의 인식 논리가 강하게 반영되고 있음을 의미하는 것이다. 이는 또한 '어떻게 말하는가'의 시점 문제와 관련된 것으로서 서사체 이야기 소통 구조에서 내포작가나 연출가의 관념적 태도와 밀접하게 조응하는 것이기도 하다.

　1) ① (쉿, 조, 조용히 해.)
작은놈은 턱턱턱, 우물 벽 돌 그루턱을 타고 밑으로 내려간다. ② 오래 전에 물이 말라버린 우물은 세 발만 짚으면 바닥이다. ③ 그 바닥에 낮부터 내려 쌓인 눈을 융단처럼 깔고 앉아 여자는 졸고 있다. ④ 배가 고파서 정신이 들 때까지 여자는 그러고 졸 것이다. ⑤ 안채의 나씨는 여자가 이 우

---

21) 쥬네뜨는 시간 불일치를 기본 서사를 중심으로 외적 회상과 내적 회상 그리고 혼합된 회상으로 나누어 설명하고 있다. 즉 일차서사의 기간 밖에 있는 회상을 외적회상, 일차서사 안에서 이루어지는 회상을 내적 회상 그리고 일차서사 밖에서 시작하여 그 안에서 끝나면 그것을 혼합된 회상이라고 한다. 시간 불일치에서 나타나는 회상의 이러한 분류는 S. 리먼-캐넌, S. 채트먼, 미케 발 등에 의해 그대로 적용되고 있다.(Gérard Genette, 앞의 책, pp.48-67.)

물 속으로 기어드는 걸 가장 질겁했다. 해괴한. 나씨는 작은놈이 우물 속에서 졸고 있는 여자를 업고 나올 때마다 가까이 오려고도 하지 않고 마루 끝에서 발을 굴렀다.

⑥ 작은놈은 여자를 먼저 우물 밖으로 밀어내놓고 기어나온다.…〈중략〉…(181 - 182쪽)

2) 그땐 웅덩이 같이 아늑했던 집이었다. 그들이 집 안팎의 허공에 대고 그린 손짓 말그림은 거미줄처럼 포개져 떠다녔다. 소리가 없어 달팽이집같이 조용했지만 저 집에 셋이 살 땐 그들은 서로 시끄러워서 눈을 질끈 감곤 했었다. 문이 닫히거나 밥 수저를 들었다 놓거나 하는 소리마저 끊길 때가 그들에겐 가장 시끄러운 때였다. 방안에서 그들 셋이 시끄럽게 떠드는 줄도 모르고 마을 아이들은 그 집에 기어들어 감을 따가고 자두를 따갔다. 아무러나, 그들은 개의치 않았다. 그땐 모시천 같은 햇빛도 끌어당겨 덮고 잘 수 있을 것만 같았으니.(184쪽)

3) ① 큰놈이 가고 작은놈은 잠을 보채이었다. 자신이 써주었으나 큰놈의 적막한 귓속에 갇혀만 있던 소리소리들이 작은놈의 잠속으로 밀려들어와 소용돌이지며 떠돌다가 식은땀으로 밀려나왔다.

② 작은놈은 여자를 안으로 싸안는다.

③ 소리를 이기게 해준 건 여자였다. 여자를 업어온 후 작은놈은 잠을 깨도 선뜩하지 않았다. 잠자는 여자의 마른 손가락에 손깍질 껄 땐 쿵쿵, 소리가 났는데 그것이 여자에게서 나는 것인지 자신에게서 나는 것인지 가만 숨죽여 가리다보면 다시 잠이 들곤 했다. 여자가 어디서 왔는지 어떤 사람이었는지 헤아리는 일은 어머니가 슬퍼하지 말라는 말을 가늠해보는 일만큼이나 시리고 자욱할 뿐인데도 가슴 저렸다.(187쪽)

4) ① 이게 뭐야. 이게 뭐야. 작은놈은 나씨와 함께 마당 오동에 큰놈을 묶었다. 어찌나 힘껏 몸을 뒤채는지 꼭대기의 오동이 후두둑 떨어졌다. 큰

놈은 오동을 맞으며 자기가 지른 붉은 불에 찬물을 퍼붓는 사람들을 시퍼렇게 쏘아보았다. 붉은 불길이 사그라들 때 큰놈도 정신을 잃었다. ② 그것이 잘못이었을까? 그냥 붉게 타고 재가 되도록 놓아두어야 했을까? 그랬으면 큰놈의 마음이 풀렸을래나. 그랬으면 큰놈이 철길을 베고 자지 않았을래나. ③ 기차는 잠든 큰놈 머리통 위를 지나가버렸다.(196쪽)

5) ① 내쫓아도 여자가 용케도 찾아오는 만큼 나씨도 생각이 났는지 시내에 자주 나갔다.

② 내보고 박절하달지 모르지만 정신이 지대로 박히길 했나? 꺼덕하면 을씨년스럽게 우물 속에 기틀어가질 않나? 미친앤 그런다 하구 배는 점점 불러오는디 어린앨 어쩔참? 시립병원으로 보낼기여. 애라두 낳게 하구 그 담 일은 생각해보는겨.(203쪽)

원작 소설 〈새야 새야〉와 각색 드라마 〈새야 새야〉의 서사는 담화 시간의 관점에서 보면 '일차 서사 → 이차 서사 → 일차 서사'의 시간 착오적 연쇄가 반복되는 시간 구조로 이루어져 있다. 먼저 원작 소설의 일차 서사는 작은놈이 여자를 데리고 자기 어머니의 무덤을 찾아가 동사하기까지의 과정과 프롤로그의 한 거름뱅이 여인이 여자와 남자의 주검을 묻어주고 가던 길을 갔다는 내용이다. 그리고 이차 서사는 작은놈이 여자를 데리고 자기 어머니의 무덤을 찾아 떠나기 전의 상황, 즉 작은놈 가족의 과거 삶과 관련된 내용이다. 큰놈이 과거를 회상하는 거리는 약 23년, 폭은 1~2시간 이내라고 할 수 있다. 작은놈의 거리 역시 23년, 폭은 약 17년 정도가 된다. 이렇게 일차 서사와 이차 서사를 교차시킴으로써 원작 소설과 각색 드라마가 과거 - 인물 지향적인 '폭로의 플롯'을 형성하며 이야기의 인과성이나 논리성을 강화시켜 주제의 형상력을 높이는 한편, 독자들이 적극적으로 틈입하여 이야기를 재구성하고 의미를 생성할 수 있는 계기를 마련하고 있다.

위의 예문들은 원작 소설 〈새야 새야〉의 내적 시간 구조의 양상을 살펴볼 수 있는 서사 단위들이다. 특히 예문 1)은 원작 소설의 시간 역전 양상을 집약적으로 보여주고 있는 서사 단위이다. 도입부의 첫 번째 단락과 두 번째 단락 첫 문장의 서사 단위로서 일차 서사와 이차 서사를 포함하고 있는 1)에서 ①과 ③, ⑥은 서사의 현재 상황으로서 일차 서사에 해당하는 서사 내용이다. ②와 ④는 외적 소급제시인데, ②는 오래 전에 물이 말라버렸고, 세 발만 짚으면 바닥이라는 우물의 상황을 설명하고 있다. 이 설명은 여자가 그 우물 바닥에 들어가서 외부에서의 공포와 두려움을 잊고자 하는 행위에 인과성을 부여하고 있다. 그리고 큰놈과 작은놈에게 철길 옆 언덕의 굴 안이 휴식처이자 안식처였듯이 여자에게 이 우물 안 역시 그녀의 도피처인 동시에 안식처가 된다. 이 공간 지표는 모성애로의 회귀라는 원형적 상징성을 띠고 있다. 그리고 ④는 배가 고프면 정신이 든다는 여자의 병적 증세를 ②와 마찬가지로 서술자가 직접 전지적 입장에서 설명하고 있는 서술 단위이다. 이 서사 내용은 나씨 부인이 이 여자를 더욱 못 견뎌하여 여자를 작은놈과 떼어놓으려고 하는 주된 원인으로 작용하기도 한다. ⑤의 서사 장면 역시 외적 소급제시로서 나씨가 우물 속으로 기어드는 여자를 얼마나 해괴하게 생각하고 못마땅하게 여겼는지를 설명해 주고 있다. 특히 ⑤는 여자가 우물 속으로 기어들었고, 그 속에서 졸았으며, 그러한 여자를 작은놈이 업고 나오는 행위가 계속해서 반복되었다는 사실을 요약적으로 제시함으로써 시간 단축의 양상을 보여주고 있는 서술 단위이다.

그런데 이 도입부의 ④와 ⑤는 외적 소급제시로서 이차 서사에 해당하며, 다시 이차 서사 내에서 사전 제시의 성격을 띠고 있다. '여자가 배가 고프면 정신이 든다'와 '여자가 우물 속으로 기어드는 걸 나씨가 가장 질겁했다'는 서사 내용은 작은놈이 여자를 만난 후에 일어난 일이기 때문이다. 같은 과거의 내용이지만 여자를 만나게 된 과정의 선행 과거를 건너뛰고 그 이후에 일어난 내용을 먼저 제시하고 있는 것이다. 도입부의 이러한 시간 역전 양상은 독자를 작품의 내적 구조로 흡입할 뿐만 아니라 인물과 사건의 서사 지표에 관심을 기울이도록 하는 역할을 수행한다고 볼 수 있다.

2)는 서술자가 비초점화하여 서술하고 있는 외적 소급제시의 서사 장면이다. 서술자가 전지적 입장에서 어머니와 큰놈, 작은놈이 '손짓 말그림'(수화)을 하며 조용했지만 따뜻하고 행복하게 살았던 과거를 회상하고 있는 이 서술은 일차 서사 중 작은놈이 여자를 데리고 어머니 무덤으로 가던 중, 작은놈이 불에 탄 큰놈 집을 건너다보며 사랑한다는 말을 할 수만 있다면 어머니와 큰놈과 셋이서 살던 그 시절에게 주고 가고 싶다는 작은놈의 내적 독백 다음에 이어지는 서술자의 외적 회상이다. 그런데 밑줄 그은 문체적 자질들은 이 회상 장면의 서술 과정에 서술자가 어떠한 방식으로 서사 내용에 틈입하고 있는가를 보여주고 있다. 서술자의 서술방식과 관련한 서술태도는 다음 장에서 상세히 분석하겠지만, 이러한 서술자의 틈입은 원작 소설의 내포작가의 의도나 관념적 태도와 긴밀하게 연결되어 있음을 드러내 주는 서술 지표라고 할 수 있다.

큰놈이 죽은 후 내적 갈등에 시달리다 여자를 만나 그 갈등에서 벗어날 수 있었음을 서술하고 있는 3)은 일차 서사와 이차 서사가 교차하는 시간 구조로 이루어진 서사 장면이다. 이 서사 장면을 순차적으로 재배열하면 '①→③→②'의 구조가 될 것이다. 먼저 ①은 이차 서사 내용으로서, 큰놈의 죽음이라는 선행 과거 이후, 작은놈이 겪었던 충격과 내적 갈등이 먼저 서사화되어 있다는 점에서 이차 서서 내의 사전 제시에 해당한다. 그리고 ②는 일차 서사로서 현재 작은놈과 여자가 '거기'를 향해 가며 여자를 안으로 싸안는 작은놈의 행위를 서술자가 지각하여 서술하고 있는 장면이다. 서술자는 도입부에서부터 여자를 데리고 '거기'로 향하는 작은놈의 행위를 홑문장으로 간결하게 서술하고 있다. 일차 서사는 주로 홑문장으로 서술하고 있으며, 겹문장이라도 두 개 이상의 문장이 이어지는 경우는 드물다. 반면, 일차 서사 중간 중간에 제시되는 이차 서사는 대부분 두 개 이상의 문장이 결합된 겹문장으로 서사화하고 있다. 서사 내용에 따라 달라지는 문장 구성 방식의 이러한 차이는 이차 서사에 내재하는 사건이나 스토리 라인, 인물의 내면을 치밀하게 서술하거나 묘사하려는 서사 전략에서 발생하는 것이고, 이는 곧 작은놈 가족의 과거 삶이 원작 소설이나 각색 드라마의 핵심적인 서사 정보임을 의미하는 것이다. 사실 도입 단계를 제외한, 결말 단계 이전에 서술되는 일차 서사는 명확하게 인식되지 않는다. 원작 소설과 드라마가 과거-인물 지향적이며, 이러한 비연대기적 시간 구조가 결말 단계의 일차 서사와 결합하여 '폭로의 플롯'을 형성하고 '모성애로의 회귀'라는 의미를 생성한다. 시간 구조의 변형 또는 변질성이 '연대기적 시간성을 완전히 파괴하면서 심층을 투시하는 효과'[22]를 만들어 내기 때문이다.

한편, 4)의 서사 단위는 집을 나갔던 큰놈의 아내가 '봄밤'에 찾아와 벽장에 넣어두었던, 나씨가 '그 사내'에게서 받아낸 돈뭉치와 작은놈이 써준 편지가 들어있는 가방을 가지고 간 뒤, 가을밤에 큰놈이 자신의 아내와 살던 집에 불을 질렀는데, 큰놈의 기세에 눌려 마을 사람들이 접근조차 하지 못하는 사이, 작은놈이 장대 간두를 휘둘러 큰놈을 쓰러뜨려 오동나무에 묶는 장면이다. 이 서사 장면도 역시 서술자가 전지적 입장에서 서술하고 있는 서사적 과거에 해당한다. 그런데 이 장면에는 두 층위의 시간성이 존재하고 있다. 이야기 차원의 재현적 시간 층위와 담화 차원의 시간 층위가 바로 그것이다. ①은 작은놈이 곤한 잠에 빠져들었다 깨어나 뛰쳐나가 자신이 쓰러뜨린 큰놈을 오동에 묶으며 되뇌이는 작은놈의 발화를 직접 인용한 서술 단위이다. 그러니까 ①은 큰놈이 자신의 집에 불을 질렀을 때의 서사 상황을 재현하고 있는 시간을 함축하고 있는 것이다. 그리고 ②는 담화 과정에서 서술자의 생각을 표현하고 있는 발화로서, 이 발화에는 후행 서사소라고 할 수 있는 큰놈의 죽음을 안타깝게 여기는 서술자의 정서적 반응이 개입되어 있다. 네 개 문장의 종결어미가 이를 뒷받침해 주고 있다. 특히 ②는 다음에 이어지는 ③의 서사소 큰놈의 자살 장면과 비교해 보면 이야기 시간보다 담화 시간이 더 길어지고 있음을 알 수 있고, 이는 담화 차원의 시간 층위라고 할 수 있다. 이와 같은 서술자의 개입은 담화 차원과 이야기 차원에서 발생할 수밖에 없는 서사의 본질적 속성이라고 할 수 있다. 원작 소설의 경우 이렇듯 시간 역전뿐만 아니라

---

22) Paul Ricoeur, 김한식·이경래 역, 『시간과 이야기』 2, 문학과지성사, 2003, 164쪽.

서술태도에서도 내포작가의 논리가 강하게 반영되어 있음을 알 수 있다. ②에 이어지는 ③은 사실 차원의 서술로서 큰놈의 자살 상황을 재현적으로 서술하고 있다. 이 서술은 ②에 비해 이야기 시간과 담화 시간이 거의 같은 지속 양상을 보여주고 있다. ③의 속도감이 느껴지는 서술은 곧 '기차'의 물리적 속도를 고려한 서술이겠기 때문이다. 이렇게 보면 ③ 역시 이야기 차원의 재현적 시간을 함축하고 있는 것이다.

5)의 예문의 서사 단위는 일차 서사와 시간적으로 매우 근접한 서사적 과거의 서사소이다. 나씨의 발화를 직접 인용하고 있는 ②에는 세 가지 정보, 즉 여자를 '시립병원'에 보내 애를 낳게 한다는 것과 여자와 애를 떼어놓을 수도 있다는 암시, 그리고 여자를 작은 놈과 아주 떼어놓겠다는 확신이 바로 작은놈이 여자를 데리고 자기 어머니의 무덤을 찾아가 그 곳에서 동사하는 데 직접적인 계기가 된 것이다. 먼저 ①은 요약으로서 시간 단축에 해당한다. 즉 ①에는 나씨가 여자를 여러 번에 걸쳐 내쫓았고, 그때마다 여자가 다시 찾아왔다는 사실과 그 때문에 나씨가 자주 시내에 나갔다는 사실을 요약하여 제시하고 있는 것이다. 물론 이 서술에서 나씨가 왜 자주 시내에 나갔는지는 ②의 발화 장면을 통해 그 이유가 드러난다. 이와 같은 '체류적 지속 및 축약적인 단축, 그리고 생략은 사건의 특정한 단계를 특별히 강조할 뿐만 아니라 하찮은 계기로 작용하여 단조로운 느낌을 줄 수 있지만, 서사 전체와 관련된 소재를 허용하는 데'[23] 기여한다. 시간 지속의 측면에서 본 이러한 시간 단축의

---

23) 이재선, 『현대소설의 서사시학』, 학연사, 2002, 21쪽.

양상은 "이름도 없이 큰놈 작은놈이라 불리는 형제를 일을 부리며 가까이 두고 살았던 나씨는 더는 참을 수 없다며 큰놈의 아내가 그 사내와 함께 자고 있는 역전 앞 여관에 김씨와 최씨와 함께 들이친 후 돈뭉칠 가지고 왔다"(189쪽)와 같은 서사 단위에서도 찾아볼 수 있다. 이 서사 단위에서의 시간 단축은 나씨가 참을 수 없을 정도로 큰놈의 아내가 부정을 저질렀고 큰놈의 아내가 상관하는 사내를 나씨는 알고 있다는 사실을 강조함으로써 나씨의 행위를 정당화하고 큰놈의 아내가 결국 큰놈을 떠날 것이라는 암시적 기능을 수행하고 있다.

원작 소설의 시간 역전은 주로 서술자가 전지적 입장에서 일차 서사와 이차 서사를 교차시키는 기법을 통해 이루지며, 이차 서사는 주로 외적 소급제시에 해당한다. 그리고 이차 서사 내에서 다시 시간 역전 현상이 나타나는 데 이때에는 주로 사전 제시의 역전 기법을 활용하고 있다. 이러한 서사적 시간성은 계기성과 인과성, 그리고 핍진성과 구조적 상관성을 이루고 있다. 또한 비연대기적 시간 구조, 과거 서사 내용의 외적 소급제시는 '폭로의 플롯'을 형성하는 한편, 모성애로의 회귀라는 주제와 긴밀하게 조응하는 동시에 독자들이 틈입하여 의미를 생성해내는 데 기여하고 있다.

다음은 각색 드라마의 시간 역전 양상을 확인할 수 있는 시퀀스를 내적 서사 시간 구조에 따라 분절한 장면들이다.

위의 시퀀스는 순차적으로 '2) → 3) → 4) → 5) → 7) → 8) → 1) → 6) → 9) → 10) → 12) → 11)로 다시 배열할 수 있다. 여기에서 작은 놈이 여자를 데리고 '거기'(작은놈 어머니의 무덤)로 향해 가 동사하기까지의 노정을 제시하는 1), 6), 9), 10), 12)의 서사소가 일차 서사이고 2), 3), 4), 5), 7), 8)이 과거에 해당하는 이차 서사에 해당한다. 또한 예시적 장면인 11) 역시 이차 서사에 해당한다고 볼 수 있다. 그런데 3), 4), 5), 11)의 서사소는 각색 드라마에서 추가된 이차 서사이다. 각색 드라마 역시 미학적 완결성을 지향하는 '현재-과거-현재' 형태의 서사 전개 방식을 취하고 있는데, 이러한 형식은 '일차 이야기의 틀 안에 이차 이야기를 배치하는 소위 액자 구조 또는 중층 복합 구조를 지향하여 작가(감독)의 주관을 개입시켜 주제를 부각시키거나, 현실의 재구성을 통한 특정 이데올로기 전달에 유리하다'[24]는 이점이 있다.

특히 11)은 각색 드라마의 현실적 시공간의 이야기 단위가 아니라 사건의 논리적 연쇄 관계에서 벗어난 이질적 서사 단위이다. 약 1분 24초간 지속되는 이 신은 작은놈이 여자와 함께, 어머니와 큰놈을 만나는 장면으로서, 시나리오의 내포작가나 연출가(감독)가 작

---

24) 서정남, 『영화 서사학』, 생각의 나무, 2004, 149쪽.

은놈의 가족과 여자의 운명을 궁극적으로 어떻게 그려내고 싶어 하는가를 부재적 환상의 유토피아적 공간으로 보여주는 예시(豫示)의 장면이다. 소설에서 '발화의 모든 요소는 의미를 가질 뿐만 아니라 가치를 내포하듯이'[25] 영화나 드라마의 한 쇼트가 한 문장과 대응한다고 할 때, 11)의 신을 이루는 각각의 쇼트는 분명 시나리오의 내포작가나 감독(연출가)이 부재적 유토피아라는 환상을 통해 희망적 도정을 모색하고 있는 것이다.

따라서 작은놈 가족의 재생과 재회, 그리고 어머니, 큰놈과 여자의 새로운 만남의 환상적 모티프는 작은놈 가족이 던져주는 인간의 실존적 과제를 근본적으로 해결하기 위해서는 모성애와 같은 근원적 사랑만이 필요함을 '리얼리티의 재현을 넘어서 존재의 영도(零度)에서 새롭게 기호 의미를 완성하려는 적극적이고 능동적인 상상력의 한 표현 영역'[26]에서 찾아보고자 하는 내포작가나 감독(연출가), 즉 드라마 서술자의 창조적 상상력에서 비롯된 드라마적 장치라고 할 수 있다. 물론 이 신은 지나친 비약으로 원작 소설의 비극성이나 핍진성을 훼손하고 있다거나 원작 소설의 서사 문법을 뛰어넘어 가장 이상적인 사랑의 원형을 탐색하고 있다는 극단적 평가로 엇갈릴 수 있는 여지를 남긴다. 그렇지만 이러한 양가적 평가는 결국 매체의 특수성에서 기인하는 것으로 볼 수 있을 것이다.

먼저 "반(半)주관적' 쇼트'[27]로 우리에게 인물의 시각을 공유하게 하게 해주는 1)은 원작 소설의 서사 단위를 충실하게 재현하고 있

25) 김욱동, 『대화적 상상력』, 문학과지성사, 1999, 139 - 141쪽.
26) 최기숙, 『환상』, 연세대학교출판부, 2003, 32쪽.
27) 앙드레 고드르·프랑수아 조스트, 송지연 옮김, 『영화서술학』, 2001, 동문선, 231쪽.

는 장면으로서 일차 서사에 해당하는 장면이다. 작은놈이 여자를 데리고 눈보라가 몰아치는 가운데 '거기'(어머니 무덤)를 향해 가던 중, 걸음을 멈추고 큰놈의 불탄 집을 건너다보는 신이다. 이 신은 약 28초 동안 지속되는데, 주로 불탄 집을 응시하는 작은놈의 얼굴과 그 옆에서 영문을 모르고 작은놈과 불탄 집을 번갈아 바라보는 여자의 얼굴, 그리고 큰놈의 불탄 집이 클로즈업되는, 모두 6개의 쇼트로 이루어져 있다. 그리고 눈보라를 얼굴에 맞으며 큰놈의 불탄 집을 바라보는 작은놈의 얼굴이 클로즈업된 상태에서 "사랑이라는 말을 단 한번 이 세상에 주고 갈 수 있다면… 그럴 수만 있다면… 저 집의 한 시절에 주고 가고 싶다…"는 작은놈의 말이 보이스 오버 내레이션되면서 동시에 자막으로 처리되어 나타난다. 그러니까 일차 서사소인 이 영상은 '현재라는 시간적 자질과 직접화법이라는 양태를 가지고, 그것이 지금 흐르고 있다는 미완료상적 존재의 특질을 포함하고'[28] 있는 것이다. 또한 도입부에 해당하는 이 신은 작은놈의 입장을 주관적으로 반영하고 있는 서술 문법을 보여주면서 서사의 중심이 작은놈임을 암시하고 있다.

그리고 1)에 이어 시간이 역전되면서 큰놈과 작은놈이 어머니와 함께 단란하게 살았던 어린 시절의 과거 서사 장면으로 전환된다. 눈보라 속에 뼈대만 앙상하게 남아 더욱 을씨년스럽게 보이는 불탄 집이 클로즈업되면서 집 주위가 초록색으로 물들며 계절이 봄으로 전환되고, 큰놈과 작은놈의 어린 시절 모습이 프레이밍된다. 영화나 드라마에서 '색채는 지적이기보다는 정서적으로 작용하는 언

---

28) 서정남, 앞의 책, 130쪽.

어'29)적 속성을 띠기 마련이다. 이 장면에서 초록의 봄 색채 역시 큰놈과 작은놈의 천진성과 무구함, 작은놈 가족의 단란함을 부각시키는 분위기를 조성한다. 그리고 색채를 효과적으로 활용하여 동일한 공간에서의 이질적인 시간, 즉 현재와 과거 어린 시절의 쇼트를 자연스럽게 연결함으로써 공간의 통일성을 꾀하고 있는데, 이때 큰놈의 집은 현재와 과거, 일차 서사와 이차 서사를 연쇄적으로 이어주는 매개 역할을 하고 있다. 이차 과거 서사의 거리는 약 17~8년이며, 폭은 약 4~5년 정도이다.

2)는 말은 할 수 없어도 들을 수 있는 작은놈이 들을 수도 없는 큰놈에게 손짓 말그림(수화)으로 "입에서 소리가 나. 큰놈, 작은놈은 안 나. 쟤들은 나."라고 알려주는 장면이다. 이 장면에서 작은놈이 그리는 손짓 말그림의 의미는 자막으로 제시되고 있다. 이 신은 원작 소설의 내용을 변형하여 영상화한 장면인데, 원작 소설에서 이와 관련된 서사소는 큰놈이 벽장 속에 있는 아내의 가방에 동생이 대신 써준 편지와 나씨가 가져온 돈뭉치를 집어넣고 아내가 자주 입었던 긴 치마를 꺼내서는 오래 들고 서 있었다는 과거 서사에 이어져 제시되고 있다. 원작 소설과는 달리 각색 드라마에서 이 서사소를 도입부에 배치한 이유는 서사적 통일성을 고려한 때문일 것이다. 즉 큰놈과 작은놈의 어린 시절과 관련된 서사 단위를 유기적으로 배치함으로써 인물들의 자아 인식의 과정을 계기적으로 서술하고 있는 것이다.

이 서사 단위의 역할이 원작 소설과 각색 드라마에서 각각 다르

---

29) 최명숙, 「소설과 영화의 시점 비교 연구」, 충남대학교대학원 박사학위 논문, 2001, 44쪽.

다는 사실도 흥미를 끈다. 원작 소설에서의 이 과거 서사소는 작은 놈이 자신과 큰놈만이 말을 할 수 없다는 동질성을 깨닫고 큰놈 곁에서 떠나지 않는 계기로 작용한다. 그리고 이 서사소는 작은놈에게 "아예 큰놈의 그림자 속으로 들어가고 싶"(192쪽)은 충동을 유발시킴으로써 작은놈이 큰놈의 운명을 닮아갈 것이라는 복선적 의미를 내포하고 있기도 하다.

반면 각색 드라마에서의 이 신은 약 56초 동안의 지속시간과 12개의 쇼트로 구성되어 있는데, 어린 시절 작은놈이 듣지도 못하는 큰놈에게 자신들이 또래들과 무엇이 다른가를 깨우쳐 주는 데 중점을 둠으로써 작은놈, 큰놈이 어떻게 자아를 인식해 가는가의 과정을 더 부각시키는 듯한 인상을 주고 있다. 이렇듯 원작 소설과 동일한 서사소를 각색 드라마에서 그대로 차용했다 하더라도 맥락에 따라 그 역할과 의미가 달라질 수 있는 것이다. 원작 소설과 각색 드라마의 서사소를 비교할 때 그 서사소의 역할과 의미가 달라졌는가, 달라지지 않았는가, 달라졌다면 어떻게 달라졌는가를 분석해 내는 일 또한 중요한 과제라고 할 수 있다.

3)은 원작 소설에서는 서술되지 않은 서사 단위로서 각색 드라마에서 가장 비극적인 장면 가운데 한 장면이라고 할 수 있다. 이 신은 약 3분 11초 동안 지속되며 총 32개의 쇼트를 사용하여 어머니의 죽음과 그 상황을 알아차리지 못하고 구슬치기 놀이에 열중하는 큰놈, 작은놈의 천진스러움을 교차하여 비극성을 더욱 부각시키고 있다. '현실이 어떻게 존재했는가가 아니라 현실을 어떻게 의미화하고 있는가를 문제 삼는 텔레비전 메시지'[30]의 측면에서 본다면, 이 신은 작은놈 가족의 소외 양태를 밀도 있게 그리고 있다는 데 큰

의미가 있을 것이다. 어머니와 큰놈, 작은놈 간의 단절과 작은놈 가족과 세계의 단절을 주로 클로즈업이나 풀 쇼트, 롱 쇼트로 프레이밍하여 감정을 자극하는 영상미학을 구축하고 있기 때문이다.

4)는 떠나간 아내를 기다리는 큰놈의 모습을 하이앵글과 롱 쇼트로 잡은 장면이다. 큰놈의 기다림의 깊이가 어느 정도인가를 시각화하고 있는 이 쇼트에서 다리의 전경과 중경의 거리감은 큰놈이 아내를 고대하는 목마름의 정서를 환기하고 있다. 또한 다리 난간에 앉아있는 큰놈의 모습은 그의 처지가 얼마나 왜소한가를 압축적으로 제시하고 있기도 하다.

4)와 이야기의 연쇄체를 이루는 5)는 아내가 벽장 속에 넣어두었던 가방을 갖고 아주 떠나버리자 살던 집에 불을 지르고, 철길을 걸으며 자신이 아주 어렸을 때 아버지가 철길에서 자살하던 장면을 회상하는 큰놈의 모습을 클로즈업과 디졸브로 서술한 장면이다. 디졸브 기법으로 전환된 신에서는 어느 비오는 날 말도 못하고 귀먹은 아버지와 어머니, 어머니 손과 등에 걸리고 업힌 큰놈, 작은놈 등 궁색한 일가가 형 집의 대문을 두드리며 뭔가를 애원하는데, 끝내 문을 열어주지 않자 가족이 모두 철길로 가 철길을 베고 드러누워 있다가 어머니는 달려오는 기차를 발견하고는 큰놈, 작은놈을 끌어안고 뛰쳐나와 살아남고 말을 못하고 들을 수도 없었던 아버지는 그대로 기차에 치여 죽는 서사 단위를 서사화하고 있다. 드러마에서의 '회상은 과거와 현재의 시간을 적절히 활용하여 드라마를 더욱 더 긴박감 있고 알차게 끌고 가는 기법'[31]이다. 각색 드라마에

---

30) 주창윤, 「텔레비젼 드라마의 형식과 이데올로기」, 한양대학교대학원 석사학위논문, 1987, 17쪽.

서 회상은 큰놈과 작은놈의 주관적 시점에서 이루어지는데, 주로 서사적 회상법 중 이미지 회상법을 활용하여 큰놈과 작은놈의 절망적인 심리를 극적으로 드러내주고 있다.

그런데 이 서사 단위는 원작 소설에서는 작은놈이 큰놈의 장례를 치르고 철길을 걸어오는 장면에서 서술자의 시간 역전의 기법으로 큰놈과 작은놈이 어렸을 때 어머니의 발화로 철길에는 가지 말라고 타이르며 들려주는 이야기로 제시되고 있다. 이러한 이야기의 위계적 체계는 똑같이 철길에서 죽은 아버지와 큰놈의 운명을 연관 짓고자 하는 내포작가의 의도적 서사 배치에서 기인한다고 볼 수 있다. 이와는 달리 각색 드라마에서는 이 신을 큰놈이 철길에서 죽기전 철길을 걸으면서 회상하는 장면으로 배치함으로써 큰놈과 아버지의 죽음을 인과적으로 연결시키고 있다. 이와 같은 서사 구조의 차이는 이야기 체계의 인과성이나 계기성, 또는 사실성과 환상성을 보다 중시하는 드라마 매체의 특성에서 말미암는 것이다.

6)은 일차 서사로서 눈보라가 치는 가운데 작은놈이 여자를 데리고 힘겹게 어머니 무덤을 찾아가는 과정을 롱 쇼트로 보여주고 있는 장면이다. 이 쇼트는 'HDTV는 클로즈업 쇼트보다 여백을 이용한 회화적인 느낌으로서의 미학적 구성방법으로 롱 쇼트를 선호한다'[32]는 것을 입증하고 있다. 이 쇼트는 다시 매서운 바람 소리의 음향과 더불어 미디엄과 클로즈업의 장면 전환을 통해 작은놈과 여자의 모습을 서술하고 있다. 그리고 이 신이 끝나면서 바로 시간이

31) 장기오, 『TV드라마 연출론』, 창조문학사, 2002, 192쪽.
32) 권중문, 「아날로그 TV와 HDTV 드라마 영상표현의 비교」, 『언론과학연구』 제4권 3호, 2004, 12쪽.

역전되어 작은놈과 여자가 만나게 되는 과정이 구현된다. 7)이 바로 작은놈과 여자가 철길에서 스치듯 지나치는데, 여자가 작은놈에게 '숨겨주세요'라고 중얼거리듯 말하자 작은놈이 여자를 돌아보는 쇼트이다. 작은놈과 여자가 철길에서 만나는 신은 약 58초 정도의 지속 시간과 11개의 쇼트로 이루어져 있다. 그리고 작은놈이 여자를 철길 옆 굴 속으로 데리고 가 재우게 된다. 이 서사의 시간 구조는 원작 소설과 동일한데, 서사소에서 원작 소설과 다른 점은 여자가 자는 동안에 어느 사내에게 성 폭행을 당하는 꿈을 꾸는 장면이 추가되었다. 외상 후 스트레스 장애(PTSD)로 정신병적 증상을 보이는 여자 인물에게 인과성을 부여하기 위한 서술적 장치라고 할 수 있다.

그리고 8)은 나씨가 내일 시립병원에서 사람들이 와서 애를 낳으면 자식 없는 집으로 보낼 거고 여자는 정신병원으로 보낼 거라고 단호하게 말하면서 미친 여자를 포기하고 사람답게 살아야 되지 않겠느냐고 작은놈을 설득하자 작은놈이 수화로 "내버려두면 나두 행복하구 … 저 여자두 행복해요! 큰놈두 … 그냥 내버려뒀어야 된다구요. 날마다 형수 기다리면서 … 평생 살게 내버려뒀어야 … "라고 항변하는 장면이다. 각색 드라마에서 작은놈과 나씨의 갈등이 최고조에 이르는 단계가 바로 이 신이다. 이 장면에서 애는 자식 없는 집으로 보내고 여자는 정신병원으로 보낸다는 나씨의 위압적인 대사는 원작 소설의 내용을 변형한 서사소이며 인용한 작은놈의 대사 역시 원작 소설에서는 서술자가 서술한 작은놈의 내면을 드라마에서 대사로 구체화하여 재구성한 서사 단위이다. 이 서사 단위가 바로 일차 서사의 직접적인 계기로 작용한다. 즉 이 갈등으로 말미암아 작은놈이 밤에 나씨 모르게 우물 속에 들어가 그곳에서 자고 있는 여자를 깨워 데리고 '거기'(어머니의 무덤)를 찾아 나서는 것이다.

9)와 10)은 일차 서사의 결말부에 해당하는 장면이다. 먼저 9)는 배가 부른 여자가 눈보라가 몰아치는 눈밭에 쓰러지자 작은놈이 그녀를 힘겹게 일으켜 부축하여 어머니의 무덤을 찾아가는 장면이다. 이 신에서 작은놈은 여자를 일으켜 세우다 힘에 겨워 여자와 함께 쓰러지는데, 쓰러진 작은놈은 눈물을 흘리며 어린 시절 어느 한겨울, 어머니와 큰놈, 작은놈이 화로에 고구마를 구우며 단란한 시간을 보내던 장면을 회상한다. 약 31초 동안 지속되면서 7개의 쇼트로 이루어진 이 신은 이미지 회상법을 활용하여 작은놈이 현재 처한 절망적인 상황과 대비를 이루면서 비극성을 배가시키고 있다. 특히 사나운 겨울 바람소리의 음향과 어둠의 어두운 조명과 눈 쌓인 언덕이라는 시공간적 배경이 작은놈의 심리가 얼마나 절망적인가를 은유적으로 암시하고 있다. 그리고 10)은 작은놈이 겨우 어머니의 무덤에 도착하여 탈진하여 쓰러지는 여자를 무덤 앞에 뉘어놓고 어머니의 무덤을 감싸안으며 "엄마, 열어주세요. 저 작은놈이에요. 숨겨주세요. 엄마, 숨겨주세요."라고 내적 독백의 형식으로 간절하게 애원하는 장면이다. 이 내적 독백은 작은놈의 직접 발화의 형태로 보이스 오버 내레이션되는데, 원작 소설과는 달리 '엄마'라는 구어체를 활용하고 있으며, 여자가 작은놈에게 했던 '숨겨주세요'라는 말을 작은놈이 반복함으로써 작은놈 역시 실존적 토대를 상실했음을 드러내주고 있다. 특히 작은놈의 어조에 어머니에게로 돌아가고자 하는 간절함과 애틋함이 그대로 배어나와 이 신의 비극성을 극대화하고 있다.

11)과 관련한 신은 앞에서도 분석했듯이 각색드라마에서 시나리오의 내포작가나 감독(연출가)의 이데올로기가 가장 강하게 반영된 서사소로서 사전 제시에 해당하며 '원형적 사랑의 탐구와 그를 통한 인간의 구원'이라는 각색 드라마의 주제의식과 긴밀하게 조응한다고 할 수 있다. 이 11) 신에서 디졸브를 통해 삽이 꽂혀 있는 무덤 12) 신으로 전환되는데 바로 이어 "좋지? 이제 아무도 찾을 수 없을 거야."라는 작은놈 대사와 작은놈과 여자의 웃음소리가 메아리친다. 이 메아리 음향 효과는 그들이 무덤 안에 들어가 있음을 나타내주는 동시에 어머니의 무덤 이미지와 과거 지향적인 시간 역전의 시간성과 함께 작은놈과 여자가 과거로 회귀하는, 즉 사랑의 원형이라고 할 수 있는 모성애로 회귀함을 암시하는 기표라고 할 수 있다. 물론 미디엄 쇼트에서 하이앵글의 롱 쇼트로 이어지는 어머니 무덤의 이미지는 작은놈과 여자가 죽었음을 암시하는 환유적 이미지로 읽힐 수도 있으며, 작은놈 가족의 소외된 삶을 압축적이면서도 상징적으로 보여주는 드라마적 서술 전략으로 볼 수도 있다.

드라마에서의 시간 역전은 극의 인과성과 계기성뿐 아니라 완결성을 강화함으로써 주제를 부각시키고 현실을 재구성하여 시나리오의 내포작가나 드라마의 연출가가 지향하는 이데올로기를 효과적으로 전달하는 데 유리한 서술 전략이다. 〈새야 새야〉의 각색 드라마에서 시간 역전은 위의 서술적 특성을 고스란히 실현하면서 동시에 과거의 서사소를 자연스럽게 배치하여 극의 흐름을 매끄럽게 하는 한편, 극적 긴장감을 유지하도록 하여 미학적 완결성을 높여주는 데 기여하고 있다.

3. 인물 지향적 서술태도와 내포작가 / 연출가의
   관념적 태도

소크라테스가 대화의 제시 방법으로 제시한 '디에게시스(diegesis)'
와 '미메시스(mimesis)'[33]를 연원으로 하는 시점이론은 '作中話者의
스토리에 대한 관계'로서 서술자가 작중 상황을 바라보고(지각적 측
면), 말하는 방식(화법적 側面)으로 규정한[34] 퍼시 러보크(Percy
Lubbock)의 이론을 거쳐 작가 또는 서술자의 관념적 태도까지를
시점 개념에 포함시켜 다루고자 하는 미하일 바흐친, 웨인 C. 부드,
보리스 우스펜스키, 로저 파울러, 수잔 스나이더 랜서 등의 이론으
로 발전해 왔다.

한편, 쥬네뜨는 종래의 시점 개념이 '누가 보는가'와 '누가 말하는
가'라는 전혀 다른 문제 사이에서 커다란 혼란을 겪어왔다며, '누가
보는가'라는 서술자의 지각적 측면을 '초점화(focalization)'로 분리하
여 시점의 개념에서 제외시키고 '누가 말하는가'와 연관된 어법적
표현 양태인 태만을 시점 개념으로 설정하였다.[35] 이러한 쥬네뜨의
'초점화'와 '시점'의 구분은 시점 개념의 외연을 좀 더 구체적으로
좁혀놓았다는 데 의의가 있으며, '누가 보는가'와 '누가 말하는가'에
'어떻게 보는가'라는 작가의 관념적 태도를 고려해야 실제적이고 생
산적인 시점 개념이 될 수 있음을 시사하고 있다. 이러한 시점 이
론은 영화나 드라마에도 그대로 적용된다. 특히 영화에서 시점을

---

33) 플라톤, 박종현 역주, 『국가 · 政體』, 서광사, 2006. 199 - 201쪽.
34) Percy Lubbock, 『小說技術論』, 宋稶 역 一潮閣, 1960, 64쪽.
35) Gérard Genette, 앞의 책, 189-194쪽.

'시네아스트(감독, 촬영감독)가 특별한 의도를 갖고 선택한 것이며, 특별한 목적을 위해 계산되고 구성된 시선의 지점'36)으로, 초점화를 '이야기에 의해 채택된 인지적 시점'37)으로 정의하고 있는데, 이러한 정의는 영화나 드라마 텍스트의 시점을 분석하기 위해서는 시점이나 초점화를 할당하는 주체로서의 감독, 연출가의 이데올로기나 세계관을 고려해야 만이 합당한 시점 논의가 될 수 있음을 의미한다. 문자 서사와는 달리 영화나 드라마에서 '카메라(시점)는 대상에게 시각을 부여하는 객관성과 그것을 재가공할 때 개입할 수 있는 주관성을 전제할 수밖에 없다'38)는 주장도 바로 이러한 시점 논의와 부합하는 것이다.

먼저 원작 소설 〈새야 새야〉는 표층 구조로 볼 때는 3인칭 전지적 서술상황을 보이며, 외부 시점과 내부 시점, 작가 서술상황과 인물 서술상황이 혼효하며, 다원적으로 초점화 하는 양상을 보이고 있다. 쥬네뜨가 말하는 '이야기밖 서술 - 제로 초점화 - 남의 이야기'39)의 서술에서 드러나는 특징이 그대로 나타나 있다. 이때 초점화 양상은 '누가 누구(무엇)를 초점화하는가'와 '어떻게 초점화하는가', 그리고 '누가 서술하는가'와 '어떻게 서술하는가'의 관계, 즉 초점 주체와 대상 그리고 서술 주체와 작가의 관념적 태도와 긴밀하게 조응한다. 다음은 원작 소설 〈새야 새야〉의 서술태도와 초점화의 양상을 살필 수 있는 예문들이다.

---

36) 조엘 마니, 김호영 옮김, 『시점』, 이화여자대학교출판부, 2007, 31쪽.
37) 조엘 마니, 위의 책, 91쪽.
38) 서정남, 앞의 책, 301쪽.
39) Gérard Genette(1988), *Narrative Discourse Revisited*, trans., J. E. Lewin, Ithaca; Connell University Press, 128쪽.

1) ① 작은놈은 여자를 먼저 우물 밖으로 밀어내놓고 기어나온다. 비척대는 여자를 부축여 걷게 하고 자루를 든다. 기미가 이상한지 마루 밑에서 푸른눈을 번득이고 있던 개가 빠르게 기어나와 작은놈과 여자의 그림자를 밟는다.

② (쉿, 새야, 날아가지 마. 누, 눈아 잠시 멎어봐. 다, 달아 구름 속에 들어가 있어. 나, 나는 돌아갈 거야. 짖지 말아. 부르지 말아. 모, 모두들 자, 잠시만 숨을 죽여줘. 눈뜨지 말아줘. 내, 내가 어디로 가는지 보지 말아줘. 나, 난 아무것도 남기고 싶지 않아. 바, 발짝까지 채, 챙겨가고 싶어.)(182쪽)(강조점 : 필자)

2) 어머니는 알았을까. 큰놈이 쓰기가 고통이었던 건 소리를 들을 수가 없어서였다는 걸. 당장에 니은에 아를 보태면 '나'가 된다는 나씨의 글 가르치는 소리마저 들을 수가 없었으니. 어느 날 큰놈은 작은놈에게 노래책을 들이밀었다. 노래책 밑줄 그어진 노랫말엔 동백꽃이 떨어지고 있었다.(185쪽)

3) ① 그 밤으로 형수를 떠나보내고 나서야 작은놈은 큰놈의 적막이 시려웠다. ② 콩이 싹트는 소리, 바람 소리, 개울물 소리, 씨감자 눈뜨는 소리, 칡뿌리가 나무 뿌리를 휘감는 소리 그것들이 큰놈에게 무슨 소용이 닿는담. 왔다 가는 줄도 모를 거면서 뭣 때문에 불을 켜놓았는구? 형수가 가방을 몰래 꺼내는데 편하도록? ③ 작은놈은 눈앞이 자욱했다. ④ 슬픈 생각은 불을 켜놓게 하는 것일까? ⑤ 형수가 들고 갔을 그 가방 안엔 나씨가 그 사내에게서 받아낸 돈뭉치와 작은놈이 써준 그 편지가 들어 있을 것이었다.(195쪽)(강조점 : 필자)

4) 어디선가 형수를 찾아내 큰놈과 살게 해준 것도 나씨였지만 형수가 큰놈에게 다시는 못 돌아오게 한 것도 나씨였다. 사람을 서넛이나 데리고 가 형수를 사납게 드러내놓았으니 형수로서도 이 마을 쪽에 대고는 머리도

빗고 싶지 않을 것이었다. 집으로 돌아올 여자가 아니라서였다지만 나씨가 그 사내에게서 돈을 받아오자 큰놈은 기다림을 끝냈다. 그러지만 않았어도 큰놈은 얼마든지 형수를 기다렸을 것이다. 그것이 턱없는 헛것이어도 그 기다림은 살아가는 그루터기가 돼주었을 것이다. 그 사내로부터 돈만 받아 오지 않았어도 큰놈은 형수를 기다리느라 철길을 베고 잠을 자는 따위는 하지 않았을 것이다.(201쪽)

　5) 삽질 소리가 황량함과 적요함을 철경철경 울린다. ①막상 작은놈은 두려움에 얼마간 숨을 죽인다. 저기로 가려는 것이 여자에게 실망일 것인 지 기쁨일 것인지. 식었던 몸에 삽질이 다시 땀을 돋게 한다. 얼마 지나 작은놈은 삽을 눈 위에 던지고 차가워지는 여자를 끌어안고 무덤을 두드리 고 있다.
　②(어머니.) / (⋯⋯⋯) / (어머니, 열어주세요.)/ 　(⋯⋯⋯) / (작은놈이에 요. 사, 삼켜주세요.)(205쪽)

먼저 1)의 ①은 외적 초점화의 양상을 보이는 장면으로서, 작은 놈이 여자를 우물 밖으로 데리고 나와 '거기'(어머니 무덤)를 향해 떠나는 서사 단위이다. 작은놈과 그를 따르는 개의 행위를 서술자 가 객관적으로 인지하여 속도감 있게 서술하고 있다. ①은 초점주 체와 서술자의 시점이 일치하는 서술 양상을 보이고 있다. 그런데 이 서사 단위를 주의 깊게 살펴보면 강조점이 있는 "기미가 이상한 지"의 서술은 초점주체이자 서술자 자신의 목소리가 틈입한 부분임 을 알 수 있다. 이러한 서술태도가 이른바 '내면문체(mind style)'[40] 를 형성하여 이 작품의 주제의식이나 세계관을 드러내주는 주요 인 자로 작용하고 있다.

---

40) 로저 파울러, 김정신 역, 『언어학과 소설』, 문학과지성사, 1985, 101쪽.

그리고 ②는 작은놈의 내적 독백을 직접 인용하여 내적 초점화의 양상을 보이고 있는 서술 장면이다. 인물의 독백은 인물의 내면, 즉 의식·욕망·충동·감정·관념 등을 내면화한다. 이 내적 독백에는 말을 더듬는 가운데, 불안감과 두려움에 휩싸여 세계와 단절하고 싶어 하는 자폐적인 작은놈의 심리 상태가 드러나 있다. 그런데 초점화의 양상과 표면적인 어법상의 서술 방식을 연계해서 보면, ②의 초점화는 인물인 작은놈이, 서술은 3인칭의 서술자가 수행하고 있다. 이렇게 초점주체와 서술주체가 분리되는 경우는 내적 초점화에서 이종서술로 이행할 때만이 가능하다. 이때의 3인칭 서술은 표면적으로만 3인칭 서술일 뿐, 실제로는 1인칭 서술과 다름이 없는 것이다.

그런데 1)과 같은 도입부에서 ①의 외적 초점화에 ②의 내적 초점화를 결합하여 인물의 행위와 심리를 동시에 제시하는 서사 전략은 매우 중요한 의미를 띤다고 할 수 있다. 그 이유는 도입부부터 독자들이 인물에 집중하여 상상력과 추리력을 발휘할 수 있는 실마리를 제공해 주고 있기 때문이다. 창작과정보다는 독서행위 속에서 플롯이 도출된다는 점을 강조하여 '내러티브는 이해와 설명의 양식이다'[41]는 주장에서도 알 수 있듯이 독자들을 집중시킬 수 있는 흡인력은 의미를 생성하고 소통 욕구를 자극하는 역동적인 언어 수행의 제1 조건이라고 할 수 있다.

2)는 서술자가 전지적 관점에서 큰놈이 글을 깨치려 들지 않은 이유를 분석적으로 설명하는 서사 단위로서 비초점화에 해당하는

---

41) Peter Brooks, *Reading for the Plot*, Harvard University Press, 1992, 10쪽.

서술 장면이다. 소설담화에서 서술자와 작중인물 사이의 거리는 작품의 객관성과 신뢰성의 문제와, 그리고 서술태도는 작품의 생동감과 응집력의 문제와 직결된다고 할 수 있다. 이는 '거리 조절'과 서술태도의 문제가 소설의 미학적 성취 여부를 가름하는 내적 근거가 된다는 것을 의미한다. 이 원작 소설에서 서술자는 큰놈, 작은놈과 심리적·도덕적 차원에서 매우 가까우며, 서술태도는 '객관적 전지시점'으로 부를 수 있을 정도로 객관성을 유지하고 있다. 사실 '서술자와 인물 사이의 거리가 지나치게 가까워지다 보면 그 작품은 너무 사적인 것이 되고 말아 예술작품으로서의 자질이 그만큼 줄어들기 마련'42)이지만, 이 작품은 '큰놈'과 '작은놈', '여자'의 호칭에서도 드러나듯이 신체상의 개체적 특질, 그리고 외상적 경험의 후유증으로 추측되는 정신병적 증상 때문에 '주체-대상'으로서 타자와 세계와 소통하지 못하고 오직 과거와 유년으로 퇴행하며, 불안과 공포에 휩싸여 비실존적 삶의 양태를 사는 작중인물들의 실상을 그려내고 있다는 점에서 인물과 근접한 서술자의 거리감은 이 작품의 미학적 가치를 한층 높여주는 서술 전략이라고 할 수 있다. 소설인물은 '상실하고, 불확실하고, 주저하며, 당황해 하는 존재로서 그려질 때에만 진술할 수 있다'43)는 제라파의 말은 이 작품의 작중인물들이 왜 진실된 존재로서 인정받을 수 있는지를 가르쳐 주고 있다. 다만 환경이나 교육 정도와 관련 지어 작은놈의 의식 수준을 고려

---

42) Wayne C. Booth, *The Rhetoric of Fiction*, The University of Chicago Press, 1961, 122쪽.

43) Michel Zeraffa, *Fictions*, translated by Catherine Burns and Tom Burns, Penguin Books, 1976, 19쪽.

할 때 서술자가 그려내고 있는 작은놈의 성숙한 사고와 감성적인 내면이 작중인물로서의 작은놈과 일치하느냐의 문제는 좀 더 따져 볼 필요가 있다.

3)은 큰놈의 아내가 가방을 갖고 아주 떠나버리자, 상실감과 절망감에 빠져있는 큰놈을 보며 답답해하는 작은놈의 심리가 내적 초점화되어 있는 장면이다. 그런데 서술 방식에서 ①과 ③, ⑤는 서술자의 전지적 서술로서 비초점화되어 있음이 명확하게 드러나는데, ②와 ④는 인물의 내면을 서술하고 있다는 점은 확실하지만, 인물의 언어를 서술화한 것인지, 서술자의 언어를 구어화한 것인지 분명하지 않다. 먼저 이 서사 단위는 작은놈의 관점에서 서술되고 있음을 강조점의 '형수'라는 호칭을 통해 확인할 수 있다. 그리고 원작 소설에서 인물의 내적독백과 수화나 문자로 주고받는 대화를 직접 인용하여 서술할 경우에는 ( )로 표시하고 있다.

이러한 맥락에서 보면 ②와 ④는 작은놈의 내적독백을 서술자가 인물의 언어로 중개하여 서술화한 발화 형태로 볼 수 있을 것이다. 서술자의 중개를 거쳤다는 측면에서 이 발화에서는 서술자의 목소리와 인물인 작은놈의 목소리를 하나의 발화맥락 내에서 동시에 느낄 수 있기 때문에 인물의 순수한 내적독백과는 구분된다고 할 수 있다. 이 경우의 서술자는 그의 발화를 인물의 발화로 대체시킴으로써 서술자의 내적조망에 의한 '발화간섭'을 드러내지 않고 인물의 생각과 내면심리를 전달할 수 있다. 그렇기 때문에 객관적이고 중립적인 태도를 유지할 수 있는 것이다. ②와 ④의 발화에는 큰놈의 절망감과 자괴감, 무력감 그리고 간절하면서도 절절했던 기다림과 슬픔 등의 내면이 암시되어 있다. 그리고 큰놈의 그러한 기다림을 원망하는 듯한 작은놈의 반어적 슬픔이 이 발화에 녹아있기도 하다. 이러한 현상은 서술자가 자기 자신을 '작은놈'의 감정 및 내면의식과 '감정이입'된 상태로 동일시함으로써 나타난다.

예문 3)에서는 발화의 형태를 ①, ③, ⑤와 ②, ④로 비교적 명확하게 구분할 수 있지만, 4)는 전체적인 화법의 맥락에서 보면 서술자의 간접화법적 발화맥락으로 표현된 '요약적 서술'이라고 할 수 있다. 이는 4)의 서술방식이 전지적 서술로서 비초점화되어 있음을 의미하는 것이다. 그리고 이 서사 단위는 서술자의 목소리로 재현된 '작은놈' 자신의 발화인데, 여기에는 서술자의 발화와 인물의 발화가 동일시되면서 서로의 시점이 혼합되기도 하고 교체되는 현상이 나타나 있다.

이 발화맥락은 큰놈의 운명에 나씨가 깊숙이 개입되어 있음을 분석적으로 보여주고 있다. 요약적이긴 하지만 여기에선 큰놈과 '형수'가 살게 된 내막, '형수'가 큰놈을 아주 떠나게 된 실질적 이유, 큰놈이 '형수'에 대한 기다림을 끝내고 자살하게 된 배경 등이 작은놈의 언어로 서술되어 있다. 따라서 독자들은 '작은놈' 자신의 시점을 통해 사태의 전말과 그의 내면의식을 인지할 수 있는 것이다. 여기서도 서술자는 작중인물인 '작은놈'의 개인적 태도를 생동감 있게 전달해 줄 뿐 가치평가적 발화는 지극히 자제하고 있다. 이러한 서술태도는 독자를 동화시켜 큰놈의 삶이 타자를 통해 얼마나 억압되고 왜곡되었는가를 수긍할 수 있도록 하는 서술기법이라고 할 수 있다. '서술자의 시점으로부터 인물의 시점으로의 전이가 가져오는 효과는 시점 제공자로 채택된 인물에 대한 독자의 연민과 공감을 유도하면서 그에게 진정성과 현실적 개연성을 부여하는 데 있기'[44]

때문이다.

원작 소설의 결말부에 해당하는 5)는 작은놈이 어머니 무덤을 파고는 어머니에게 자신을 구원해달라고 애원하는 서사 장면이다. 이 서사 장면의 ①에서도 '작은놈' 자신의 발화를 엿볼 수 있다. 즉 여자와 함께 죽으려고 하는 자신의 선택을 두려워하는 작은놈의 심리를 작은놈의 목소리로 재현하고 있다. 이 서술된 독백과 '차가워지는 여자를 끌어안고 무덤을 두드리는' 작은놈의 행위에서도 여자에게로 향하는 작은놈의 관심과 사랑을 확인할 수 있는데, 작은놈의 이러한 사랑의 진정성은 모성애로 회귀하고자 하는 ②의 내적독백과 긴밀하게 조응하면서 원작 텍스트의 주제와 내포작가의 관념적 태도로 이어진다. 이렇듯 원작 텍스트의 의미와 내포작가의 관념적 태도의 상관성은 특정한 인물을 초점 주체로 내세워 그 인물의 내면이나 사태의 전말을 전경화하는 한편, 시점 제공자로서의 인물의 내면의식에 밀착하여, 동일화하는 서술적 거리와 태도를 통해 현상화하는 것이다.

각색 드라마 〈새야 새야〉는 주로 외적 초점화와 '전현적(全顯的, omnipresence) 초점화'[45]로 이루어지고 있으며, 큰놈이 철길에서

---

44) F. K. Stanzel, 김정신 역, 『소설의 이론』, 문학과 비평사, 1988, 193 - 194쪽.
45) '전현적(全顯的, omnipresence) 초점화'란 서정남이 쥬네뜨의 '비초점화'를 대신하여 제안하는 개념임. 쥬네뜨가 제기한 '비초점화'는 소설에서 '초점화의 부재'를 의미하기 때문에 '초점화의 편재'가 이루어지는 영화나 드라마에는 어울리지 않고 '한 인물의 시점이 아니라 최소한의 가변적 인물들의 관점을 통과하거나, 아니면 어디든지 나타날 수 있고 무엇이든 얘기해줄 수 있는 신의 지위를 표방하는 것이기 때문에' '비초점화'를 '전현적 초점화'로 대체하여 부르는 것이 더 적절하다고 함. (서정남, 앞의 책, 323 - 324쪽.)

자살하기 전, '아버지가 철길에서 자살하게 된 계기적 사건을 회상하는 장면'(Ⅱ.2의 5)번 쇼트와 관련된 신)과 작은놈이 어머니의 무덤을 찾아가다 눈밭에 쓰러져 눈물을 흘리며 어린 시절 어머니와 큰놈, 작은놈이 방 안에서 단란하게 놀이하던 때를 회상하는 신 등에서만 극히 제한적으로 내적 초점화를 활용하고 있다.

먼저 클로즈 쇼트로 외적 초점화한 1)은 어머니가, 큰놈과 작은
놈이 철길 옆 굴 안에서 놀고 있는 것을 목격하고는 회초리로 그들
의 종아리와 엉덩이를 때린 뒤, 화가 풀리자 큰놈과 작은놈의 피멍
든 맞은 부위를 물수건으로 눌러주며 안쓰러워하는 장면이다. 이
서사 단위는 드라마에서는 작은놈이 여자를 데리고 '거기'를 향해
가는 도중에 불탄 큰놈 집을 바라보는 가운데 어린 시절로 시간이
역전되고, 이 어린 시절의 서사 전개에 해당하는 장면이다. 서사
전개의 일관성이나 통일성을 고려한 서사소 배열이라고 할 수 있
다. 이에 비해 원작 소설에서는 작은놈이 큰놈의 장례를 치르고 난
후, 여자를 만나기 직전, 즉 가을걷이를 끝내고 집으로 돌아가기 위
해 산길을 마다하고 철길을 타게 되는데, 바로 이 과정에서 시간이
역전되어 이 장면과 관련된 서사소가 제시된다. 이러한 모티프 배
열 상의 차이는 소설보다는 서사 전개의 일관성이나 계기성, 통일
성에 더 관심을 기울이는 드라마의 특성에서 비롯한다고 할 수 있
으며, 텍스트의 주제를 보다 효과적으로 전달하기 위한 연출가의
영상문법 전략에서 기인하는 것으로 볼 수 있다.

피멍든 종아리를 물수건으로 눌러주는 쇼트를 먼저 클로즈업으로
영상화하여 가슴 아파하는 어머니의 내면심리를 강조하고 바로 이

어서 제시하고 있는 이 쇼트는 모성애의 본질을 좀 더 객관적 거리에서 구현하고 있다. 촬영 범위를 달리하는 이러한 장면 전환의 시도는 촬영 범위에 따라 미학적 의미가 달라지기 때문이다. 피멍든 두 아들의 종아리와 그곳을 흰 물수건으로 눌러주는 어머니의 손을 클로즈업한 쇼트는 촬영 범위가 좁은 개인적인 거리로서 어머니의 내면심리를 효과적으로 강조하고 있으며 그보다 촬영 범위가 넓어진 클로즈 쇼트는 객관적인 표현으로서 모성애의 본질이라는 공적 의미를 생성해 내고 있다.

'카메라는 나름대로의 시각적 기능을 가지고 새로운 의미를 창조하기 때문에 카메라의 시각은 연출자의 눈이며 창조를 위한 기본'[46]임을 전제한다면 2)의 쇼트와 관련된 신 역시 클로즈업에서 롱 쇼트의 장면으로 전환되는데, 이와 같은 거리의 변화는 공적인 거리를 통해 작은놈 가족의 비극성을 극대화하고자 하는 연출가의 의도를 반영하고 있다고 할 수 있다. 53초의 지속 시간과 8개의 쇼트로 이루어진 이 신은 두 가지의 미학적 가치를 드러내고 있다는 점에서 중요하다고 할 수 있다.

이 신의 계기적 신은 큰놈과 작은놈이 어머니의 부탁으로 나씨에게 글자를 배우게 되는데 들을 수 있는 작은놈은 나씨의 입 모양을 보고 음성을 들으며 글자를 열심히 배우며 이해하지만, 들을 수 없는 큰놈은 입 모양만 볼 수 있을 뿐, 음성은 들을 수 없어 답답해하다 급기야는 그 자리를 뛰쳐나가는데, 마침 나씨 집 대문으로 들어서던 어머니가 뛰쳐나가는 큰놈을 보게 된다. 그리고 큰놈이 자

---

46) 최원호, 「영상언어로서의 샷(Shot) 개념에 관한 연구」, 『현대사진영상학회논문집』 8권, 2005, 26쪽.

신을 따라오는 작은놈에게 수화로 자신은 글을 배우지 않을 테니 따라오지 말라고 하자 작은놈이 싫다고 나도 따라가겠다며 다른 애들은 다 소리가 나는데, 우리만 안 난다고 한다. 이에 큰놈이 어머니와 자신과는 달리 작은놈은 다른 사람의 말을 들을 수 있으니 가서 글을 배우라고 허공에 그림을 그린다. 그리고는 큰놈이 바위 꼭대기에 올라 절망하며 서러워하는 비극적 서사 단위이다.

이 신에서 큰놈과 작은놈이 나씨에게 글을 배우는 신은 약 1분 45초 동안의 지속 시간과 18개의 쇼트로 이루어지는데, 큰놈이 나씨의 말소리를 알아듣지 못하는 주관적 시점으로 내적 초점화된 쇼트가 6개 포함되어 있다. 즉 '가' 소리를 내는 나씨의 입 모양을 익스트림 클로즈업하여 큰놈의 시각에서 초점화한 쇼트가 3개, 나씨의 '가' 소리를 알아듣지 못하여 고통스러워하며 내적 갈등으로 빠져드는 작은놈의 얼굴을 클로즈업으로 초점화한 쇼트가 3개이다. 이러한 클로즈업 영상 기표는 나씨의 소리를 알아들을 수 없어 고통스러워하는 작은놈의 내면을 고조시킴은 물론이고 시청자들의 감정을 투사시킬 수 있는 미학적 효과를 이끌어내고 있다.

그리고 나씨 집에서 큰놈과 작은놈이 글을 배우는 신에서부터 글을 배우다 말고 뛰쳐나가는 큰놈을 본 어머니가 큰놈을 뒤쫓아 와 부둥켜안고 서로 흐느끼며 우는 장면이 클로즈업으로 영상화되면서 이어지는 2)의 쇼트까지 이 시퀀스에서 주목해야 할 드라마의 요소가 바로 새소리의 비가시적 음향이다. 새소리는 이 드라마에서 초점화하는 장면에 따라 다양하게 바뀌면서 반복되는 음향 모티프로서 작은놈 가족을 은유화하는 동시에 큰놈이나 작은놈의 처지, 또는 내면의 심리 상태를 암시하는 상징적 기표로 작용하고 있다. 어머니가 큰놈을 부둥켜안고 흐느끼는 쇼트에서의 새소리는 어머니와 큰놈의 슬픈 흐느낌소리와 동일화되어 무겁게 느껴지는 배경음악과 함께 어머니와 큰놈의 내면적 슬픔을 시청각적으로 구현하여 영상의 분위기를 압도하고, 들을 수 없는 어머니와 큰놈의 처지를 더욱 부각시키며 얽매이지 않은 자유의 삶을 꿈꾸었을 작은놈 가족의 소망을 암시함으로써 이 드라마의 제목과 주제의 상관성을 드러내주는 미학적 효과를 발휘하고 있다.

또한 이 시퀀스에서 큰놈이 바위에 올라가 절망하며 슬퍼하는 신이나 미래라는 여자가 되돌아가자 같은 바위에 올라가 슬퍼하며 고통스러워하는 3)의 신에서 보통, 인물의 도도함이나 고결함, 권력의지, 도전의지와 함께 인물의 우월성, 강인함을 구현할 때 쓰이는 앙각(로우 앵글, 상향 촬영)을 바위 아래에서 활용하여 지향처를 잃어버린 큰놈의 절망감이나 작은놈의 상실감을 효과적으로 부각시켜 기존 앵글의 문법을 파괴하고 있다는 점 또한 이 드라마의 미학적 가치라고 할 수 있다.

한편, 이 신에는 큰놈과 작은놈의 자살(죽음)이 곧 모성애로 회귀함을 의미하는 상징적 서사소가 제시되어 복선 역할을 하고 있다. 어머니가 슬퍼하고 괴로워하는 큰놈을 부둥켜안고 흐느끼는 모습을 클로즈업하여 보여주다 롱 쇼트로 영상이 전환되면서 어머니, 큰놈과 얼마간의 거리 차를 두고 서 있는 작은놈을 향해 어머니가 너도 이리 오라는 손짓을 하고 작은놈 역시 어머니 품에 안기게 되는데, 이 모티프는 작은놈이 큰놈을 따라가겠다는 모티프와 함께 큰놈과 작은놈, 여자의 죽음, 그리고 드라마에 추가된 결말부 9)의 쇼트와 관련된 유토피아적 환상 공간, 어머니와 큰놈, 작은놈, 여자의 재생과 재회의 신과 밀접하게 조응된다고 할 수 있다. 즉 미장센된 어머니의 손짓은 작은놈이 여자를 데리고 어머니의 무덤을 찾아가는 모티프의 계기적 행위라는 초점화의 인지적 가치를 지닌다고 할 수 있다. 이렇듯 동일한 모티프의 신을 미학적으로 연결함으로써 사랑의 원형적 탐구 내지는 모성애로의 회귀라는 드라마 텍스트의 주제를 생성해 소통을 꾀하고 있다는 점 역시 이 신이 이루어낸 미학적 형상력이라고 할 수 있다.

3)은 작은놈과 편지 왕래를 하던 '미래'라는 여자가 작은놈을 만나러 왔다 작은놈이 말을 못하는 사람임을 알자 돌아다도 안 보고 버스를 타고 되돌아가자 작은놈이 충격을 받고 집에 돌아와 지금까지 받았던 편지와 자신이 가지고 다니며 글씨를 쓰던 수첩을 찢어 버리고는 산꼭대기 바위에 올라 슬퍼하며 절망하는 쇼트이다. 이 쇼트는 작은놈의 얼굴을 클로즈업으로 외적 초점화하여 내면의 고통과 절망감을 정교하게 나타내주는 한편, 시청자들의 감정적인 참여를 유도하고 있다. 이러한 효과는 '클로즈업이 시청자와 배우간의 감정이입을 만들어 내는 경향이 있기'[47] 때문에 가능한 것이다.

3)과 관련된 시퀀스는 약 3분 46초의 지속 시간과 모두 31개의 쇼트로 구성되어 있으며, 주로 외적 초점화로 롱 쇼트나 미디엄 쇼트, 풀 쇼트로 마스터 앵글로 삼아 비교적 안정된 구도로 서술되고 있다. 이 시퀀스는 작은놈이 미래라는 여자에게서 온 편지를 읽는 쇼트와 큰놈의 아내가 서커스 구경을 하고 나오는 쇼트들이 전현적 초점화로 결합되어 있는 시퀀스에 이어서 제시되는데, 이때 편지의

---

47) 장기오, 앞의 책, 286쪽.

내용은 미래라는 여자의 음성으로 보이스 오버되어 시청자들에게 들려진다. 이 보이스 오버되는 편지 내용은 '미래'라는 여자가 작은 놈을 찾아오는 계기적 모티프로 작용한다. 또한 작은놈을 찾아왔던 여자가 다리를 건너가는 과정에서 읍에 나갔다 돌아오는 큰놈의 아내와 스치듯 지나치는 장면에서 큰놈의 아내가 그 여자를 바라보는 쇼트와 여자가 버스에 오르는 모습을 작은놈이 바라보는 쇼트는 '반주관적' 시점으로 초점화되어 있다. 이러한 초점화 기법은 인물의 시각을 시청자와 공유하도록 하여 인지적 평등성을 확보하고자 하는 서술 전략이다. '반주관적' 쇼트에 해당하는, 큰놈의 아내가 집으로 돌아오다 작은놈을 찾아왔다 서둘러 되돌아가는 '미래'라는 여자와 교차하는 모티프는 큰놈의 아내 역시 그 여자와 같은 입장이될 것임을 암시하는 탁월한 미장센의 쇼트라고 할 수 있다. 두 여자의 화려한 의상 역시 이를 뒷받침해 주는 상징 기표라고 할 수 있다.

4)는 집을 나간 아내를 기다리는 큰놈의 모습을 부감의 익스트림 롱 쇼트로 잡은 컷이며 5)는 아내가 아주 떠나버리자 자신의 집에 불을 지르고, 불탄 집 앞에서 상실감과 좌절감에 빠져 흐느끼는 큰놈의 모습을 클로즈업한 쇼트이다. 4)의 쇼트는 아내가 떠난 큰놈의 왜소한 모습을 초점화하여 초조하고 불안한 그의 내면을 효과적으로 드러내고 있다. 단순히 영상 필름이나 사운드트랙으로 환원될 수 없는 초점화의 인지적 가치는 '미장센된 행위와 배경, 보이스 오프에 달려 있다'[48]고 할 수 있다. 미장센된 배경의 구도, 큰놈의 위

---

48) 앙드레 고드로·프랑수아 조스트, 앞의 책, 230 - 231쪽.

치와 그림자 그리고 단절된 다리의 프레임 등이 큰놈의 상실감을 극대화하고 있다. 특히 반복적으로 제시되는 '다리'의 모티프는 돌아옴과 떠남, 기다림의 공간이라는 이항 대립적인 의미를 함축한다.

이와는 대조적으로 클로즈업된 5)의 쇼트는 큰놈의 절망감을 극도로 강조하면서 정교하게 표현하고 있다. 더욱이 이 쇼트는 큰놈이 자신이 불태운 집을 배경으로 앉아있는 구도로 서술되어 있기 때문에 검게 불탄 집과 흐느끼며 비통해 하는 큰놈의 모습을 병치하여 절망하고 황폐화된 큰놈의 내면을 실재화하고 있다. 이 신에서 구현하고 있는 이러한 고통스러움과 절망감, 상실감의 내면은 곧 큰놈의 자살로 이어지는 다음 시퀀스와 자연스럽게 연결되어 서사의 계기적 문법체계를 구축한다.

우물 안에서 웅크리고 자고 있는 여자의 모습을 하이 앵글의 롱 쇼트로 초점화한 이 쇼트는 여자가 처한 환경과 그녀의 심리 상태를 압축적으로 효과 있게 보여주고 있다. 즉 신체적으로나 정신적으로 충격적인 성폭행을 경험함으로써 심한 불안과 공포에 시달리는 정신병적 증세를 지닌 여자가 우물 안의 극도로 폐쇄적인 공간에서 웅크리고 자고 있는 모습을 통해 '그' 여자가 얼마나 우리에게서, 혹은 세계에서 고립되어 있는가를 역설적이게도 미학적으로 제시하고 있다. 더욱이 자고 있는 그녀의 모습 위로 내리는 흰눈은 상황을 비극과 축복의 역설로 이끌어 시청자들의 성찰적 시선을 투사시킬 수 있는 극적 설정이라고 할 수 있다.

'좋은 TV드라마는 사회적 공통성과 다각적 입장에서 다양한 문제의식을 제공하는 것'[49]이라고 전제할 때, 장애 가족의 비극적 삶과 외상 후 스트레스 장애 증상을 보이는 여자의 왜곡된 삶은 분명 편견과 폭력의 사태에 노출되어 있는 우리 사회의 심각한 병적 징후를 고발하는 동시에 그에 대한 해결책을 모색해야 한다는 당위적 명분을 제기하고 있는 것이다. 원작 소설에서는 서사화되지 않은 여자의 성폭력 쇼트를 이 드라마에 추가한 의도를 바로 이러한 문제의식과 명분에서 찾을 수 있을 것이다.

클로즈업으로 초점화하여 일정한 패턴으로 반복되는 연출가의 구문법적 체계를 구축하고 있는 다음의 7)과 8), 9)는 이 드라마의 주제를 함축적으로 구현하며 연출가의 관념적 태도가 반영되어 있는 서사적 연쇄체의 쇼트들이다. 먼저 7)은 작은놈이 나씨가 멀리 내보냈으나 다시 우물 안에 돌아와 있는 여자를 데리고 와 그녀의 발을 씻겨주고 있는 쇼트이다. 그리고 8)은 어머니 무덤을 찾아가는 도중 눈밭에 쓰러진 여자의 언 손을 입김으로 녹여주는 쇼트이며 9)는 환상적 공간에서 작은놈이 어머니와 포옹하는 쇼트이다. 그런데 이 세 개의 쇼트는 일관되게 클로즈업으로 초점화되어 있으며, 모두 '사랑의 진정성'을 내포하고 있다는 공통점을 드러내고 있다. 3)~6)의 쇼트와 이 세 개의 쇼트는 결국 작은놈 가족의 비극적 삶과 여자의 왜곡된 삶이 어디에서 무엇 때문에 시작되었으며, 그러한 삶을 어떻게 치유할 수 있는가 하는 실존적 물음에 대한 해결의 실마리를 제시하고 있는 것이다.

특히 8)과 관련된 신에서 정신을 잃어가는 여자를 깨우며 "안돼, 죽지마. 여기서 죽으면 안돼. 내가 너 숨겨줄 거야. 행복한 곳으로 데려가 줄게."라는 작은놈의 보이스 오버 내레이션과 잠시 정신을

---

49) 오명환, 『텔레비전 드라마 예술론』, 나남출판, 1994, 107쪽.

차린 여자가 작은놈의 팔에 안겨 작은놈을 쳐다보며 웃음을 띠는 쇼트는 이 드라마의 백미로 꼽을 수 있을 것이다. 이 쇼트는 감청색 필터를 활용해 어둠의 깊이를 표현하고 있는데, 이 어둠 속에서 어떻게 하든지 여자를 깨우려는 작은놈의 얼굴과 여자의 웃음 띠는 얼굴이 클로즈업 쇼트로 제시된다. 이 쇼트는 비로소 여자가 작은놈을 신뢰하고 불안과 공포에서 벗어나고 있음을 함축한다. 그리고 환상적 서사 장면을 전현적으로 초점화한 9)는 '모성애로의 회귀', 혹은 '원형적 사랑의 탐구와 인간의 구원'이라는 이 드라마의 궁극적 주제를 암시하고 있는 쇼트이다. 이와 관련된 시퀀스는 하이앵글의 줌 아웃으로 초점화하여 제시되는 이 드라마의 마지막 쇼트, 즉 어둠에 닫혀 있는 어머니 무덤과 대조되면서 이들 가족의 비극적 삶과 사랑의 진정성, 혹은 모성애적 사랑의 상관성을 시청자에게 되묻고 있다.

이렇게 볼 때 드라마 〈새야 새야〉는 장애가 있는 작은놈 가족의 비극적 삶과 성폭행의 외상적 경험 때문에 외상 후 스트레스 장애 증상을 앓는 여자의 왜곡된 삶을 주로 외적 초점화와 전현적 초점화로 하이앵글의 롱 쇼트와 클로즈업, 풀 쇼트의 영상 기호로 서술하여 사랑의 진정성, 또는 모성애와 같은 원형적 사랑만이 인간을 구원할 수 있다는 실존적 의미를 서사화하고 있다. 큰놈과 작은놈, 그리고 여자의 삶 자체가 우리 사회의 폭력성과 편협성을 일깨우는 동시에, 정신병적 증상의 여자를 치유시킨 작은놈에게서 볼 수 있듯이 사랑의 진정성, 혹은 모성애적 사랑만이 인간을 구원할 수 있다는 엄연한 실존적 고백을 이 드라마는 영상과 음향의 구문법적 체계로 구현하고 있는 것이다.

Ⅲ. 결론

지금까지 현대소설 〈새야 새야〉와 각색 드라마 〈새야 새야〉를 서사학적 관점에서 비교 분석함으로써 서사적 특성을 규명하여 두 예술장르의 통섭 가능성을 모색해 보았다.

먼저 원작 소설의 플롯은 '결합 모티프'로 이루어져 있어 독자의 상상력을 통해 사건의 인과적 관계를 유추해 내야 하는 구조로 이루어져 있다. 이에 비해 각색한 드라마의 시퀀스는 사건의 인과적 관계를 분명하게 드러내기 위해 '결합 모티프'와 '자유 모티프'를 자연스럽게 연계하여 서술함으로써 서사 과정의 실상을 구체적으로 제시하는 구조를 지향하고 있다.

또한 원작 소설의 시간 역전은 주로 서술자가 전지적 입장에서 일차 서사와 이차 서사를 교차시키는 기법을 통해 이루어지며, 이차 서사는 주로 외적 소급제시에 해당한다. 그리고 이차 서사 내에서 다시 시간 역전 현상이 나타나는 데 이때에는 주로 사전 제시의 역전 기법을 활용하고 있다. 이러한 서사적 시간성은 계기성과 인과성, 그리고 핍진성과 구조적 상관성을 이루어 '폭로의 플롯'을 형성하는 한편, 사랑의 진정성 혹은 모성애적 사랑과 그를 통한 인간의 구원이라는 주제와 긴밀하게 조응하는 동시에 독자들이 틈입하여 의미를 생성해내는 데 기여하고 있다.

각색 드라마 〈새야 새야〉의 시간 역전 역시 인과성과 계기성뿐 아니라 완결성을 강화함으로써 주제를 부각시키고 현실을 재구성하여 시나리오의 내포작가나 드라마의 연출가가 지향하는 '모성애적 사랑과 인간의 구원'이라는 이데올로기를 효과적으로 형상화하고 있다. 또한 각색 드라마에서는 과거의 서사소를 자연스럽게 배치함으로써 극의 흐름을 매끄럽게 해줄 뿐만 아니라 극적 긴장감을 유지하도록 하여 미학적 완결성을 한층 높여주고 있다.

원작 소설 〈새야 새야〉는 표층 구조로 볼 때는 3인칭 전지적 서술 상황을 보이고 있다. 외부 시점과 내부 시점, 작가 서술상황과 인물 서술상황이 혼효하고, 다원적으로 초점화하여 인물 지향적 서술태도를 견지하고 있다. 특정한 인물을 초점 주체로 내세워 그 인물의 내면이나 사태의 전말을 전경화하는 한편, 시점 제공자로서의 인물의 내면의식에 밀착하여, 동일화하는 서술적 거리와 태도를 통해 내포작가의 관념적 태도를 소통시키고 있는 것이다.

각색 드라마 〈새야 새야〉 또한 장애가 있는 작은놈 가족의 비극적 삶과 성폭행의 외상적 경험 때문에 외상 후 스트레스 장애 증상을 앓는 여자의 왜곡된 삶을 주로 외적 초점화와 전현적 초점화로 하이앵글의 롱 쇼트와 클로즈업, 풀 쇼트의 영상 기호로 서술하여 큰놈과 작은놈, 그리고 여자의 삶 자체가 우리 사회의 폭력성과 편협성을 일깨우는 동시에, 정신병적 증상의 여자를 치유시킨 작은놈에게서 볼 수 있듯이 사랑의 진정성, 혹은 모성애적 사랑만이 인간을 구원할 수 있다는 엄연한 실존적 고백을 영상과 음향의 구문법적 체계로 구현하고 있다.

제3부

강소천 장편동화의 서사미학
–장편동화「해바라기 피는 마을」을 중심으로–

Ⅰ. 서론

본 연구는 강소천 장편동화 「해바라기 피는 마을」[1]의 서사 담론 체계를 스토리 구조와 시간성, 길항관계의 인물과 교술성, 양가적 초점화와 인물지향적 서술 등 스토리 층위와 인물 층위, 그리고 서술 층위로 나누어 분석함으로써 강소천 장편동화에 나타나는 일단의 서사학적 특질을 규명하는 데 주된 목적이 있다. 서사학적 관점에서 강소천의 장편동화의 특질을 밝혀내려는 본 연구는 '강소천 동화문학의 공과를 정당하게 규정할 수 있을 뿐만 아니라 한국 동화문학 연구의 수준도 한 차원 끌어올릴 수 있는'[2] 계기가 될 수 있을 것이다.

지금까지 강소천 동화 연구는 주제론과 형식론 등의 관점에서 진행되어 왔다.[3] 그런데 이러한 연구 방향은 강소천 동화의 문학적

---

1) 『강소천 아동문학 전집』 6(교학사, 2006.)에 수록되어 있는 「해바라기 피는 마을」을 논문의 저본으로 삼았다. 본문에서 내용을 인용할 경우 쪽수만을 밝히기로 한다.
2) 김용희, 「한국 동화문학, 서사론적 성찰의 필요성」, 『디지털 시대의 아동문학』, 청동거울, 2005. 100쪽. 이 글에서 필자는 강소천 동화에 나타나는 꿈 모티프를 기존의 연구 방법과는 달리 서술방식과 서사구조의 서사론적 관점에서 심도 있게 분석하는 가운데, 강소천 동화문학의 서사론적 접근의 필요성을 강조하고 있다.
3) 대표적인 학위논문은 다음과 같다.
   김명희, 「한국 동화의 환상성 연구」, 전주대학교 대학원, 박사학위논문,

가치를 밝혀내는 데 일정 부분 기여하고 있지만, 다소 편협하다는 한계를 보이고 있다. 소설이나 동화와 같은 서사담론은 작품을 매개로 작가와 독자가 소통을 수행하는 과정과 실천 지향의 언어수행이라는 기호론적 특성을 간과하고 있기 때문이다. 소설과 마찬가지로 동화담론 역시 의미를 생성하고 소통시키는 역동적인 사회 기호론적 성격을 띠고 있는 것이다. 이러한 동화담론의 특성과 성격을 고려하지 않은 지금까지의 강소천 동화 연구에서 드러나는 한계는 바로 연구 방법의 편협성에서 비롯하고 있다. 다양하지 못하고 편협한 연구 방법은 이미 지적했듯이[4] 강소천 동화의 문학적 성과를 축소하거나 과장할 수 있다는 문제점을 낳을 수 있다. 이러한 한계는 강소천의 장편동화를 연구하는 과정에서도 반복되고 있다. 더욱이 강소천의 장편동화를 체계적이고 본격적으로 연구한 논문은 소수에 불과하다.[5]

2000; 선안나, 「1950년대 동화·아동소설 연구」, 성신여자대학교 대학원 박사학위논문, 2006; 남미영, 「姜小泉 研究」, 숙명여자대학교 대학원 석사학위논문, 1980; 권영순, 「한국 아동문학의 양면성 연구」, 이화여자대학교 대학원, 석사학위논문, 1984; 차보금, 「강소천과 마해송 동화의 대비 연구」, 연세대학교 교육대학원 석사학위논문, 1994; 공선희, 「姜小泉 童話 研究」, 한국교원대학교 대학원 석사학위논문, 1996; 함윤미, 「강소천 동화의 환상성 연구」, 단국대학교 대학원 석사학위논문, 2005; 이선민, 「강소천 동화 연구」, 부산교육대학교 교육대학원 석사학위논문, 2006; 홍의정, 「강소천 동화 연구」, 한양대학교 대학원 석사학위논문, 2006.
4) 이종호, 「강소천 동화의 서사 전략 연구」, 『동화와번역』 제12집, 2006, 189쪽,
5) 권영순은 강소천과 이원수의 작품을 인물, 배경, 사건, 이미저리를 중심으로 비교 연구하면서 「해바라기 피는 마을」을 연구 대상에 포함시키고 있다. 김명희의 연구에서는 중편동화 「잃어버렸던 나」를, 선안나의 연구에서는 장편동화 「그리운 메아리」를 각각 환상성과 반공주의를 중심

따라서 본 연구에서는 지금까지 강소천 동화를 연구하는 과정에서 활용되었던 방법론에 유념하면서 강소천의 장편동화 「해바라기 피는 마을」을 의사소통의 과정에 있는 담론체계로 규정하고 그 담론을 형성하는 서사학적 특성에 주목하여 이를 해명해 보고자 하는 것이다. 강소천 장편동화의 서사학적 특성을 규명하기 위한 첫 번째 연구 주제로 「해바라기 피는 마을」의 서사학적 특성을 해명하고자 하는 이유는 이 작품이 강소천의 초기 장편동화이기 때문이다. 강소천 장편동화의 서사학적 특질이 무엇이며 어떠한 변모 양상을 보이고 있는가를 규명하기 위해서는 초기 장편동화 연구가 선행되어야 함은 물론이다.

소통 행위의 관점에서 「해바라기 피는 마을」의 서사학적 특성을 검토하고자 하는 이 방법론은 주제론과 형식론을 통합할 수 있으며, 앞으로 강소천 장편동화의 서사학적 특질을 밝히는 데 실마리를 제공해 줄 수 있을 것이다.

으로 주제론적 관점에서 분석하고 있다. 이선민은 「해바라기 피는 마을」의 주제를 '희망의 정신'으로 간략히 분석하고 있는데 이러한 주제 분석은 매우 단편적인 결론이라고 할 수 있다. 그리고 홍의정은 강소천의 장편동화 「그리운 메아리」, 「잃어버렸던 나」, 「해바라기 피는 마을」, 「봄이 부르는 소리」 등을 모티프와 사실성을 중심으로 분석하고 있다.(김명희, 앞의 논문, 103 - 108쪽; 선안나, 앞의 논문, 123 - 135쪽; 이선민, 앞의 논문, 20쪽. 홍의정, 앞의 논문, 16 - 47쪽.)

Ⅱ. 본론

1. 일원적 스토리 구조와 시간성

「해바라기 피는 마을」은 여자 어린이인 '정희'가 한국전쟁이 야기한 비극적인 가족사로 인해 겪게 되는 시련과 갈등, 그 극복 과정을 서사화하고 있는 작품이다. 그러니까 이 작품은 중심인물인 '정희'의 행위가 주 스토리선을 형성하며 핵심 서사로 작용하고 있다. 그런데 이 작품의 스토리는 좀더 입체적으로 검토할 필요가 있다. 이 작품의 스토리가 '해바라기' 시의 반복적인 모티프를 활용하여 '희망의 정신'을 직접적으로 발현하고 있는[6] 것만이 아니다. 이 작품의 스토리 구조는 '희망의 정신'을 구현하고 있는 것 이상의 다양한 주제 층위를 내함하고 있기 때문이다.

3인칭 전지적 서술상황에서 서술되고 있는 「해바라기 피는 마을」의 스토리는 '정희'의 '사건'[7]을 중심으로 서사화 되고 있는 일원적

---

6) 이선민, 앞의 논문, 19 - 20쪽.
7) 한 사건은 몇 종류의 물리적 / 정신적 활동, 즉 시간상의 사건(인간 행위자에 의해서나 인간 행위자에 의거하여 수행되는 행위) 혹은 시간상에 존재하는 상태(사고, 느낌, 존재, 소유와 같은)를 묘사한다.(스티븐 코핸 · 린다 샤이어스, 임병권 · 이호 옮김, 『이야기하기의 이론』, 한나래, 2001, 84쪽.)

스토리 구조를 형성하고 있다. 물론 3절에서 자세히 드러나듯이 이 스토리 구조는 3인칭 전지적 서술상황에서 서술자가 다원적으로 초점화하는 양상을 보이고 있지만, 주로 '정희'가 경험하는 '사건'이 '통합적이거나 계합적인 관계'8)로 이루어져 논리적 연쇄체를 형성한다. '정희'의 행위를 중심으로 하는 이러한 스토리 구조는 고난 극복의 의지뿐만 아니라, 온전한 가족관계와 가족애, 친구간의 우정 그리고 어린이에 대한 기성세대들의 무사(無私)한 관심, 자만심과 우월의식의 경계와 같은 인간성의 고취, 서로 신뢰하고 협동하는 화해의 정신 등이 어린이들에게는 얼마나 절실하고 필요한 가치인가를 진지하게 일깨우고 있다.

한편, 「해바라기 피는 마을」의 스토리 구조의 특성과 함께 살펴보아야 할 서사적 요소가 바로 시간성이라고 할 수 있다. 「해바라기 피는 마을」은 시간적인 순차성과 인과성이 조응하는 스토리 진행 양식을 따르고 있다. 즉 「해바라기 피는 마을」의 스토리는 선행 서사소와 후행 서사소들이 순차적이거나 인과적인 시간적 시차성에 따라 의미를 생성한다. 강소천의 단편동화에서도 확인할 수 있는 '시간적 담론의 결말 구조'9)로 이루어져 있다. 이러한 시간적 담론 체계는 작가(내포작가)와 서술자를 통해 서사적 자아와 세계 사이

---

8) 스토리는 시퀀스 안에 사건들을 통합적으로 배열하여 첨가와 결합이란 의미 생성의 관계를 조직하고, 한 사건을 또 다른 사건으로 계합적으로 대체함으로써 선택과 대치라는 의미화 관계를 조직한다.(스티븐 코핸·린다 샤이어스, 위의 책, 84쪽.)
9) 시간적 담론의 결말 구조는 선행하는 사건 단위들의 관계가 순차적이거나 인과적으로 분절되어 시간적 시차성에 따라 의미를 생성한다. 따라서 이 결말 구조는 작가(내포작가)가 자기의 관념을 서사화하는 데 그만큼 유리하다고 할 수 있다.(이종호, 앞의 논문, 207 - 213쪽.)

의 갈등이 명확하게 해결되며 그 과정에서 작가(내포작가)의 의도가 강하게 반영되는 서사적 특질을 보여준다. 강소천 동화를 연구할 경우 서술태도에 관심을 가져야 하는 소이가 바로 여기에 있다. 작가(내포작가)의 가치관이나 세계관이 서술자를 통해 스토리 내에 틈입하기 때문이다. 강소천 동화의 전반적인 교술성은 바로 이러한 시간적 담론체계와 밀접한 관련을 맺고 있다. 「해바라기 피는 마을」의 일원적 스토리 구조는 결국 시간적 순차성 - 인과성에서 비롯하는 서사원리를 축으로, 어린이 스스로가 시련과 고난을 극복해 나아가고자 하는 의지와 함께 희망을 지녀야 한다는 당위와 평온하면서도 부모의 사랑이 충족되는 가정이야말로 어린이들이 시련을 극복하고 희망적으로 미래를 열어 나아갈 수 있는 근원적인 힘이 된다는 가치를 구현하고 있다. 물론 이러한 주제 층위는 인간적인 연대감을 개재하고 있기도 하다.

　1) 정희에게
　정성스럽게 그려 보내 준 정희의 해바라기 그림과 편지 고맙다. 네가 그린 해바라기를 볼 때마다 나는 새로운 희망에 불탄다. 정희야! 넌 형제가 얼마나 많으냐? 나도 사변 전엔 아버지도 계시고 어머니와 누이동생도 있었다. 그러나 사변통에 아버지와 누이동생을 잃었다. 지금 고향 집엔 어머니 한 분밖에 안 계시다. 정희야, 내게 사진 한 장 보내 줄 수 없겠니? 난 널 누이동생처럼 생각하겠다. …〈중략〉…
　정희는 자기가 읽고 난 편지를 명순이에게 주고, 자기는 해바라기 시를 펴 읽어 봅니다.
　언제나 태양을 우러러 사는 / 해바라기. / 사람들은 이 꽃 이름을 / 희망의 꽃이라 부르더라. / 희야 -. / 우리도 마음 밭에/ 꽃밭을 만들자. / 그리고 해

바라기를 심자. / 눈보라 몰아쳐도 / 해바라기 피어나게 …….(106 - 108쪽)

2) 본시 정희 아버지는 의사였습니다. 사변 전에는 정희네도 금란이네 부럽지 않게 잘살았습니다. 그러던 것이 사변으로 해서 병원은 재가 되고, 아버지와 오빠마저 빼앗겨 버리고 지금은 정희와 어머니 단 두 식구입니다. 그러니까 정희 어머니는 시장에 나가 조그만 장사라도 하지 않으면 안 되었습니다.
처음엔 조그맣게 시작했던 장사가 차츰 커지기 시작했습니다. 그것은 장사가 남아서가 아니라, 남의 돈을 여기저기서 얻어다 물건이 싸게 나돌 때마다 많이 사 모으기 시작했기 때문입니다. 장사가 커지면 커질수록 돈 걱정도 함께 커졌습니다.(111쪽)

3) 그 애들이 왔다 간 지 한 시간이 될까 말까 했는데, 진 영감이 또 찾아와서 빚 독촉을 하는 것이었습니다. 진 영감이 떠들다 간 뒤, 정희 어머니는 한층 더 몸이 아프다고 하셨습니다. 아니나다를까, 그날 밤 정희 어머니는 몹시 숨이 가빠졌습니다. …〈중략〉… 정희가 의사를 모시고 다시 집에 돌아왔을 때는 벌써 어머니는 사람을 알아보지 못하셨습니다. …〈중략〉… 세상에 단 한 분밖에 안 계신 어머니마저 잃은 정희에겐 이 세상이 텅 빈 것 같았습니다. 어머니의 장례식이 끝난 뒤, 정희는 큰아버지 댁에 와 있게 되었습니다.(184 - 187쪽)

4) 명순이 어머니께서 정희의 소원을 들어준 것입니다. 정희는 오늘부터 학교가 끝나면 곧 명순이네 집에 가서 준비했던 담배 상자를 들고 담배 장사를 시작하게 된 것입니다.
담배 상자를 들고 거리로 나왔으나, 차마 정희 입에선 "담배 사시오." 소리가 나오질 않았습니다. …〈중략〉…
정희가 다방 골목 안으로 막 들어서려는데 뒤에서 누가 정희를 부르는 것이었습니다. 돌아다보았더니, 뜻밖에도 그것은 금란이가 아니겠습니까!

아마 시장에 무얼 사러 나왔던 모양입니다. 금란이는 무슨 굉장한 발견이나 한 것처럼 정희 있는 데로 달려오며,

"얘! 정희야, 너 그게 뭐냐? 손에 든 거……." / "이거 담배지, 뭐긴 뭐야. 보면 모르니?" / "응……, 너 담배 장사하니?" / "그래, 담배 장사한다. 왜?" / "언제부터?" / "오늘부터……." / "담배를 그냥 들고 다니면 누가 사니? '담배 사시오! 담배요.' 해야지." / "걱정 마라! 네가 가르쳐 주지 않아도 잘 알고 있으니……."

정희는 화를 버럭 내며 달아나듯이 그 자리를 떠나버렸습니다.(227 - 229쪽)

5) "너무 갑자기 이런 말씀을 여쭈어서 어떻겠는지요 ……. 그저 혼자 생각뿐입니다만 ……. 제 아들 철진 소위는 약 한 달 전에 전사했습니다. 살아 있을 때 늘 이 홀어미에게 정희 이야길 편지로 써 보내었습니다. 새 누이가 하나 생겼다고 ……. 벌써 한번 찾아와 만나보고 싶었으나 그런 마음의 여유를 가지지 못했습니다. 제 욕심 같아서는 정희를 내 죽은 아들의 친누이라고 생각하고, 내게 맡겨 기르도록 해 주셨으면 합니다만 ……."(246 - 247쪽)

이 작품은 정희가 학교에서 위문편지를 보냈던 소위 오빠에게 답장을 받는 서사 장면에서 시작하여, 한국전쟁으로 인해 의사였던 아버지, 그리고 오빠를 잃고, 어머니와 단둘이 가난하게 살아가는 정희의 생활, 장사하던 시장에 불이나 물건들을 다 잃고 병을 얻어 빚 독촉에 시달리던 어머니의 죽음, 큰집으로 가게 되지만 큰어머니와 사촌들의 냉대와 멸시로 학교마저 다니지 못하여 절망하며 죽음을 생각하는 정희의 처지, 담배 장사를 하며 어렵게 생활하는 가운데 자신을 무시하는 금란 때문에 겪게 되는 정희의 갈등, 정희가

소위 오빠의 어머니를 만나 소위 오빠의 전사 소식을 듣게 되고 그 어머니와 함께 살게 되면서 희망을 찾게 되는 과정, 그리고 갈등 관계에 있었던 금란과 정희가 화해하며 해바라기처럼 희망에 불타 살 것을 다짐하는 서사 단위 등이 이 작품의 스토리를 형성하고 있다.

위의 예문들은 「해바라기 피는 마을」의 담론체계를 형성하는 거시적인 스토리 구조를 확인할 수 있는 서사 단위들이다. 먼저 1)은 이 작품의 도입부에 해당하는 서사소로서 정희가 위문편지를 보냈던 육군 소위 김철진이 정희에게 보낸 답장 내용이다. 물론 이 인물은 스토리상에서 구체적으로 극화되는 인물은 아니다. 그러나 전쟁으로 인해 가족이 해체되는 불행을 경험하고 어머니 한 분만 고향에 살고 계시다는 소위 오빠의 고백은 정희의 가족사와 유사성을 띠며, 그가 정희에게 보내준 '해바라기 시'는 정희가 고난과 시련을 극복하며 생활하도록 하는 힘으로 작용하는 한편, 정희와 정희의 친구들이 미래를 위해 희망에 불타 살아가겠다고 다짐하는 결말 구조와 조응하는 중심 모티프로서 기능한다. 즉 '해바라기 시'에서 '해바라기'는 '희망'의 질료이며 이 시를 관류하는 '희망'의 지배소는 시련 극복의 의지와 함께 스토리 전체의 갈등을 수렴적 차원에서 해결해 줄 수 있는 핵심적 가치라고 할 수 있다.

아버지와 누이동생을 잃고 고향 집에 어머니만 계시다는 소위 김철진네의 가족사와 아버지와 오빠마저 빼앗겨 버리고 어머니와 단둘이 살아가는 정희네의 가족사에 내재하는 비극성은 분명 한국전쟁의 사회상을 역사적 층위로까지 확대시킴으로써 전쟁체험과 영향의 삼투적 성격과 기능이 동화문학에도 짙게 투영되고 있음을 알게

해 주는 서사지표이다. 1)의 서사소에서 제시되고 있는 두 집안의 비극적인 가족사, 즉 전쟁으로 아버지와 오빠를 잃고 가난과 병으로 어머니마저 잃고 고아가 되는 '정희'가 유사한 처지에 놓인 소위 오빠 김철진의 어머니와 자연스럽게 모녀관계를 이루도록 견인하는 복선 성격의 서사 단위라고 할 수 있다. 물론 소위 오빠의 전사라는 또 다른 서사소가 이 둘의 관계를 더욱 추동하는 계기로 작용하고 있기도 하다.

그런데 정희와 소위 오빠의 비극적인 가족사는 이 작품의 주제의식과 맞닿아 있는 서사소이다. 정희가 큰집 생활에서의 절망감과 담배장사를 하며 고학을 해야 하는 고통에서 벗어나 학업에만 정진하고, 대립하고 있던 친구 금란과 화해를 할 수 있었던 근본적인 계기가 바로 정희가 소위 오빠의 어머니와 모녀관계를 이루는 데서 마련되었기 때문이다. 앞에서도 지적했듯이 이 작품은 다층적인 주제의식을 함의하고 있는데, 그 가운데 시련과 고난을 스스로 극복하고자 하는 정희의 의지가 일차적인 의미망을 형성한다면, 그에 못지않게 중요한 이 작품의 또 다른 지배소는 바로 정희가 소위 오빠의 어머니와 새로운 모녀관계를 맺는 서사소일 것이다. 왜냐하면 새로운 모녀관계는 정희가 평온한 가정과 충만한 어머니의 사랑을 다시 경험할 수 있도록 하며, 그 가정과 사랑이 곧 정희에게 용기와 희망을 북돋워주는 결정적 계기가 되고 있기 때문이다. 전쟁 직후의 사회적 맥락에서 이러한 서사소는 결국 동심에게 가장 필요한 것은 고난이나 시련을 극복하고자 하는 스스로의 의지도 중요하지만, 가정이나 가족의 역할, 특히 부모의 온전한 사랑임을 부각시키고 있는 것이다.

이오덕은 강소천의 동화가 '미담가화(美談佳話)로 되어 있어서 문학 작품으로 형상화되지 못하고 교훈만 노출시켜 놓고 있다.'[10]고 비판하고 있지만, 이러한 평가는 동화의 요건으로서 서민성과 현실성, 즉 리얼리즘의 정신을 지나치게 강조한 측면에서 기인된 것이고, 이는 원종찬이 지적하고 있는 것처럼 자칫 또 다른 '어린이의 이상화'[11]로 관념화될 수 있는 위험성을 내포한다. 동심은 어른과 대척점에 있는 것도 아니고 항상 선한 것만도 아니다. 동심은 모자라고 선하지 않은 것을 채워주고 바로잡아 주어야 하는 상호의존적 주체일 수 있다. 다시 말하면 우리가 인간을 이해할 때 현재라는 한 시점에서 단절적으로 이해하는 것은 오류를 수반하기 때문에 반드시 과거와 미래를 동시에 전관해야 하듯이 동심 역시 고정불변의 실체가 아니라 발견하고 채우고 수정하는 가운데 형성되어 가는 생성론적 과정에 있을 뿐이다. 이러한 관점에서 「해바라기 피는 마을」은 한국전쟁 후 가족관계의 해체와 경제적 토대의 붕괴, 가치 훼손과 전도의 1950년대 상황과 더불어 시련을 극복할 수 있는 의지, 친구 간에 있어야 하는 우정과 배려하는 마음, 화해할 줄 아는 용기 등의 가치를 동심에 채워주고자 하는 한편, 온전한 가정과 가족 간의 사랑, 그리고 어린이에 대한 어른들의 무사(無私)한 관심 등이 어린이들에게는 무엇보다 절실하다는 점을 기성세대들에게 깨우쳐 주고자 한다는 데 의의가 있는 작품이다.

서술자의 요약적 서술로써 과거의 정보를 전달해 주고 있는 2)의 서사 단위는 정희네 가족의 비극성을 제시하고 있다. 전쟁은 가정

---

10) 이오덕, 『詩精神과 遊戱精神』, 창작과비평사, 2002, 118쪽.
11) 원종찬, 『동화와 어린이』, 창비, 2004, 69쪽.

을 파괴시키고, 가족을 해체시켰으며, 가족의 해체는 결국 정희에게 시련과 고통을 안겨주고, 다시 정희가 소위 오빠의 어머니와 새롭게 모녀관계를 맺도록 하는 인과적 요소로 작동하고 있다. 그리고 2)의 서사 단위는 「해바라기 피는 마을」의 시간 역전의 양상을 보여주는 서술 지표이기도 하다. 즉 2)는 과거의 사실을 서술자가 요약적으로 회상해 주는 비 - 초점화인 이종서술의 양상을 보이고 있는데, 이 장면은 전쟁이 초래한 정희네의 비극적인 가족사와 힘겹게 살아야 하는 정희와 어머니, 두 모녀의 현실적 상황을 분석적으로 제시함으로써 독자들의 특별한 정서적 반응을 환기하고 있다.

「해바라기 피는 마을」의 시간 역전은 이렇듯 서술자를 통해 이루어지는 역전과 "'6 · 25 사변만 일어나지 않았으면 내 피아노도 그냥 있었을 텐데 ……. 사변은 우리 집을 태우고 내 피아노를 없애고 우리 아버지를 끌어가고 …….'"(120쪽.)와 같이 인물의 내적독백의 형태로 이루어지는 역전으로 대별할 수 있다. 그리고 이러한 시간 역전은 기본 서사의 기간 밖에 있는 외적 회상이 주를 이룸으로써 인과성과 계기성을 강화하고 있다. 그리고 이 작품의 스토리 구조를 보면 스토리 - 시간의 현재인 정희의 이야기에 초점을 맞춰 서술하고 있다. 동일한 시간에 발생한 두 사건을 서술하는 경우에도 정희를 중심으로 한 스토리선을 먼저 제시하고 정희의 친구들이나 큰집의 이야기는 뒤에 제시하고 있다. 이는 정희의 생각과 행위가 이 작품의 핵심 스토리라는 사실을 의미하는 것이다. 그렇기 때문에 이 작품에서는 이야기하는 시간이 그렇게 길어지지는 않는다. 시간 역전이나 정희 이외의 다른 인물들의 스토리선이 비교적 짧게 제시되고 있기 때문이다. 「해바라기 피는 마을」의 일원적 스토리 구조는 이러한 시간 구조에서 말미암는 것이다.

3)은 정희 어머니가 옷감 장사를 하던 국제 시장에 불이나 옷감마저 다 잃은 어머니가 절망하여 몸져누운 상황에서 '진 영감'의 빚독촉에 병세가 더욱 악화되어 결국 죽음에 이르는 과정을 서사화한 장면이다. 어머니의 죽음은 정희가 고아로 전락하여 큰집으로 가살게 되는 계기가 되고 그곳에서 정희는 큰어머니의 냉대로 학교도 제대로 다니지 못하고 식모살이를 하는 처지가 되고 만다. 급기야 사촌들에게 멸시의 대상으로까지 전락한 정희는 자살을 결심하기에 이른다. 전후 이러한 절망적 서사구조는 소설과 마찬가지로 동화 역시 전쟁이 '가정의 평안한 상태를 파괴하고 불구화함으로써 아이들로 하여금 고아나 굶주림의 고통을 경험하게 하고 아울러 순진과 무지의 상태로부터 세계와 현실의 음험함과 무서움을 일깨우고 인지케 하는 교화적인 경험의 母型이 된다는 사실'[12]을 환기하고 있다.

4)는 정희가 담배를 장사를 하며 고학의 의지를 실천하는 과정에서 친구 금란과 갈등하는 장면이다. 정희는 사촌들의 멸시를 더 이상 참지 못하고 큰집을 나와 죽기를 결심한다. 그렇지만 친구 명순과 춘식의 위로와 도움, 그리고 소위 오빠가 보내준 '해바라기 시'가 내포하고 있는 '희망의 정신'에 자극을 받아 정희는 명순네 집에 기거하며 담배 장사를 하며 고학의 의지를 실천한다. 정희가 자신의 시련과 고통을 당당하게 극복해 가고자 하는 의지와 그 과정의 서사화는 곧 담론 생산의 주체인 작가가 서술자를 통해 소통시키고

---

12) 이재선, 『현대 한국소설사』, 민음사, 1992, 90쪽.

자 하는 특정한 관념(이데올로기)의 발화 작용이라고 할 수 있다. 이에 상응하여 또 다른 담론 주체인 독자는 작품을 통해 의미를 생산하고 재조정하여 그 반응체계를 자신에게나 작가에게 소통시킴으로써 대화관계가 성립하는 것이다. 결국 작가와 독자의 관계는 궁극적으로 쌍방적인 역동적 상응관계(대화관계)에 놓여있는 것이다. 이는 스토리 구조가 창작과정보다는 독서행위 속에서 이루어지는 의미화 작업이며, 의도적이고 목표 지향적임을 보여주는 것이다. 특히 동화의 교술성을 전제한다면 동화의 스토리 구조는 단순히 구조지향적인 정태성을 뛰어넘어 의미를 생산하고 의미를 새롭게 자리매김하며, 의미를 재순환하는 담론의 양태를 띠고 있다는 점에 유의할 필요가 있다. 스토리 구조를 언어적 소통의 구도로 보아야 하는 까닭이 바로 여기에 있다.

5)는 정희가 참여하여 우수한 성적을 거둔 연극 대회에 정희를 찾아온 소위 오빠의 어머니가 큰집에 와 정희를 데려다가 함께 살겠다고 정희의 큰어머니에게 제안하는 장면이다. 사실 「해바라기 피는 마을」의 스토리 구조에서 우연성의 허위로 지적 받을 수 있는 서사 단위가 바로 5)와 연관된 서사소이다. 소위 오빠의 어머니가 정희가 연극을 하는 '시공관'으로 찾아오게 된 과정과 한 달 전에 소위 오빠가 전사했다는 서사소는 시간적 순차성에서 비롯하는 인과적 논리를 생략함으로써 생경하다는 느낌을 주고 있다. 이러한 서술방법의 허점은 결말 구조의 문제 해결에 너무 집착한 때문으로 볼 수 있다. 그렇지만 정희가 시련을 극복하고자 노력하는 가운데 이루어지는 새로운 모녀관계의 모색은 온전한 가정 또는 가족애 자체가 어린이들에게는 용기와 희망의 원천이라는 이 작품의 담론적

메시지와 맞물려 설득력이 충분하다고 할 수 있다. 정희와 소위 오빠의 어머니와의 결합은 전쟁으로 야기된 가족의 해체를 새롭게 회복시킨다는 의미의 휴머니즘 정신의 발현이자, 정희에게는 희망의 질료이며 동시에 파국의 해결점을 찾는 가능성의 길일 수 있겠기 때문이다. 강소천의 문학을 '교육적 아동문학'13), '도덕에 대한 강한 집념'14), '로만과 현실 배정의 교육성'15) 등과 같이 교육적인 측면에서 평가하는 것도 바로 이러한 주제의식 때문이다.

이와 같이 「해바라기 피는 마을」은 정희의 서사소에 초점을 맞추어 작가(내포작가)의 선택으로 갈등이나 대립이 해결되는 시간적 담론의 결말 구조를 지향하는 단일한 스토리 구조를 형성하고 있다. 도입부부터 일관되게 정희의 서사에 초점을 맞춤으로써 시련과 고난을 극복해 나가는 정희의 의지를 보여주는 동시에 정희의 시련을 위로하며 그 시련을 극복할 수 있도록 도와주는 친구들의 우정과 대조적인 성격 창조를 통해 인간성을 고취시키고자 하는 등 이 작품은 다층적인 의미를 내함하고 있다. 이러한 의미의 제시는 분명 한국전쟁으로 방향을 상실하고 가치마저 훼손되어 황막해진 동심에게 새로운 삶에 대한 희망의 비전을 불어넣어 주고자 하는 작가의 관념적 태도와 상응성을 이루는 것이다. 특히 새 어머니와 모녀관계를 맺음으로써 해체되었던 가족관계가 회복되고 그로 인해 정희가 시련을 극복하고 씩씩하게 살아갈 수 있는 용기와 자신감을 얻으며, 친구들과도 갈등을 해소하여 다함께 희망에 찬 미래를 열

---

13) 이원수, 「소천의 아동문학」, 『아동문학』, 배영사, 1964, 75쪽.
14) 하재덕, 「모랄의 배정적 의미」, 『현대문학』 170호, 1969, 341쪽.
15) 이재철, 『아동문학개론』, 문운당, 1967, 138 - 140쪽.

어나갈 것을 다짐하는 결말 부분은 가정과 가족애가 동심에게 끼치는 영향이 얼마나 절대적인가를 새삼 일깨우고 있다.

2. 인물의 길항관계와 교술성

소설이나 동화와 같은 서사텍스트는 담론층위의 서술자와 이야기 층위의 인물을 통해 실제적으로 형상화된다고 할 수 있다. 즉 소설과 마찬가지로 동화의 세계는 담론층위와 이야기층위가 역동적으로 작용하여 의미체계를 구축하는데 담론층위와 이야기층위의 주요 인자는 각각 서술자와 인물이라고 할 수 있다. 그리고 이 서술자와 인물은 작가의 이데올로기적 지평에서 내적 발화의 주체로서 작동한다. 따라서 실제 작가의 세계관이나 인생관, 가치관은 서술자와 인물 간의 이데올로기적 태도를 규정하는 서사적 지표로 작용하는 것이다. 이 과정에서 작가(내포작가) / 서술자 / 인물의 관계, 즉 작가와 서술자가 이데올로기적으로 일치하는가, 일치하지 않는가, 작품에서 나타난 이데올로기적 태도(주제의식)가 지배적인가, 종속적인가, 그리고 서술자와 인물은 공간적으로 일치하는가, 일치하지 않는가, 서술자는 인물을 어떤 태도로 바라보고 서술하는가, 인물의 심리가 드러나는가, 드러나지 않는가, 드러난다면 서술자가 인물의 심리를 직접 서술하는가, 그렇지 않은가, 시간적 차원에서 작가와 인물이 일치하여 그 인물의 시간적 순서와 동일하게 연대기적으로 서술하는가, 여러 인물의 시간을 교대로 서술하는가 등이 제반 서술

상황을 규정하는 중요한 기준이 된다. 특히 리얼리즘계열의 소설이나 동화에서 인물은 이야기 층위의 '제 1차적인 실체'[16]라고 할 수 있는데, 이때 인물은 '텍스트화된 인물'이건, '작가의 체험이 구축한 인물'이건 특정한 역사적 상황과 더불어 존재하며, 그것들과 융화하는 존재이다. 따라서 '「해바라기 피는 마을」이 1955년 7월부터 1956년 8월까지 《새벗》에 연재되었다는 사실'[17]과 작가와 서술자의 이데올로기적 태도가 일치하고 있다는 점에 주목하면 이 작품의 인물 역시 1950년대 한국전쟁과 그 직후의 사회적·역사적 맥락과 연관되어 있으며 그 맥락과 더불어 의미를 생성한다고 볼 수 있다.

「해바라기 피는 마을」의 인물들은 길항관계에 놓여 있다는 특징을 지니고 있다. 「해바라기 피는 마을」의 서사층위를 주인공 '정희'를 중심으로 구분한다면 정희-학교친구들의 관계, 정희-어른들의 관계로 범주화하여 그 서사층위를 양분할 수 있다. 그런데 이 두 서사층위를 형성하는 인물들은 대체적으로 선과 악으로 나뉘어져 있음에 주목할 필요가 있다. 인물들의 대립관계는 학교에서 드러나는 친소관계를 기준으로 했을 때는 '정희, 명순, 춘식, 수복/금란', 외적 관계에서 나타나는 정희에 대한 우호적/비우호적 태도를 기준으로 삼았을 때는 '어머니, 큰아버지, 육군 소위 오빠와 그의 어머니/큰어머니, 사촌(경자, 경식), 진 영감'의 양태를 형성하고 있다. 여기에 정희의 담임 선생님은 정희에게, 금란에게 피아노를 가르치는

---

16) William H. Gass, *Issues in Contemporary Literary Criticism*, edited by George T. Polletta, Little Brown and Company, 1973, 708쪽.
17) 소천아동문학상운영위원회 엮음, 「강소천의 발자취」, 『강소천 아동문학 전집』 6권, 2006, 294쪽.

허 선생님은 금란에게 각각 우호적인 태도를 보이고 있다. 결말 구조에서는 대립하던 인물들이 화해하고 희망차게 살아갈 것을 다짐함으로써 이러한 이분법적 인물관계가 교술성을 강화하는 측면이 있지만 아동들에게 자칫 인간을 이분법적으로 재단하는 심리를 길러줄 수도 있다는 데 유념할 필요가 있다.

1) 정희는 다시 한 번 금란이의 피아노를 바라봤습니다. 그리고 피아노 앞에 가까이 갔습니다. 무슨 생각을 했는지 정희는 피아노 의자 앞에 앉아 피아노 뚜껑을 열었습니다. 그리고 피아노를 두드리기 시작하였습니다. 그것은 지금 금란이가 치던 연습곡보다 무척 더 어려운 것이었습니다.

그러자 방문이 홱 열렸습니다. 과자 그릇을 들고 들어오던 금란이는 과자 합을 땅바닥에 탁 하고 내동댕이치며 큰 소리로 화를 버럭 내었습니다.

"왜 남의 피아노를 물어도 보지 않고 치는 거냐?"(121-122쪽)

2) "어머닌 아직도 안 돌아오셨구나." / "인제 곧 돌아오실 거야."

이렇게 춘식이도 어쩔 줄 모르고 있는데, 헐레벌떡 명순이가 찾아왔습니다.

"정희야! 어떻게 됐니? 너네 상점의 물건은 꺼냈니?" / "몰라!" / "모르다니? 어머닌?" / "아직 못 만났어."

춘식이는 명순이에게 시장에 갔던 이야기를 대강 들려주었습니다.

"얘, 명순아! 너 그러면 정희 동무해 줘, 응? 내 또 시장에 나가 보고 올게……."

그러나 명순이도 정희도 아무 대답이 없었습니다. 어떻게 했으면 좋을는지를 몰라서였습니다.

"내 곧 갔다 올게……."

그리고 춘식이는 다시 시장 쪽으로 달려 나갔습니다.

"얘, 정희야, 울지 마라. 우린 6.25의 고난도 겪지 않았니? 이런 땐 마음

을 크게 가져야 하는 거야. 자! 어서 집으로 들어가자."(157 - 158쪽)

　3) 큰 아버지가 집을 떠난 이튿날, 벌써 큰어머니는 짜증을 내기 시작했
습니다.

　"얘, 정희야! 넌 그렇게 큰 아이가 학교에도 안 가며 날마다 책상머리에
앉아 무얼 그리 생각하고 있느냐 말이다. 인제 그만 청승맞게 굴라는 말이
야. 하다못해 물이라도 한 통 길어오든지, 먹은 것 설거지라도 좀 도와주면
좋지 않니?" / "예, 큰어머니; 제가 할게요."

　정희는 얼른 일어섰습니다. 물통을 들고 밖으로 나왔습니다. 가만 앉아
있을래야 앉아 있을 수가 없기 때문입니다.

　'어머니! 난 인제 어떻게 살아야 해요?'

　정희의 눈에선 눈물이 솟아 앞이 보이질 않았습니다.(188 - 189쪽)

　4) "사실, 그래서 오늘 용기를 내어 전혀 얼굴도 본 적 없는 정희를 찾
아왔습니다. 정희를 찾아오니 정희에게 그 동안 슬픈 일이 많이 있었군요.
올 때에는 얼굴이라도 보고 가려구 생각했으나, 막상 와 보니 염치없는 생
각까지 나는군요. 이렇게 말씀드리는 저를 욕하지 마셔요. 허락만 해 주신
다면 저는 정희를 제 친자식으로 알고 데려다 기르겠습니다. 죽은 아들과
는 이미 형제 사이였으니깐요."

　"알겠습니다. 지금 소위 어머님의 심정은 잘 알겠습니다. 그럼 오늘 저
녁 식구들과 의논해서, 그리고 정희의 의견도 들어보고 해서 내일 알려 드
리지요."(250 - 251쪽)

　5) 토요일 오후, 정희는 새 어머니를 모시고 명순이, 수복이, 춘식이는
물론 금란이 외에 몇몇 친구들과 함께 돌아가신 어머니 산소에 갔습니다.
정희도 그 동안 몇 번 와 보지 못한 어머니 무덤입니다.

　명순이와 춘식이랑은 언제 서로 의논했는지, 해바라기씨를 가지고 와서
무덤가에 심어 놓았습니다. 그리고 춘식이는,

"얘, 정희야! 여기 해바라기씨가 있어. 이걸 가지고 가서 너희 집에 마당에 심어 놓아. 우리들도 다 집 뜰에 심을 테니 ……. 해바라기꽃을 보며 우리는 서로 친구들을 생각하기로 하자. 그리고 정희는 돌아간 너희 오빠를 기념하고 ……."

　　"고맙다, 춘식아! 나는 그것까지 미리 생각하질 못했구나."

　　정희는 어머니 무덤 앞에 앉아 무덤의 잔디를 쓰다듬으며 산 사람에게 이야기하듯 하였습니다.

　　"어머니! 정희예요. 그 동안 무척 고생도 했어요. 세상이 귀찮아서 죽어 버리려고까지 했어요. 그러나 어머니, 인제 기뻐해 주셔요. 새 어머니가 여기 함께 와 계셔요. 육군 소위 어머니예요. 낯모르는 제 오빠 어머니예요. 아니, 지금은 제 어머니예요. 전 인제 이 고장을 떠나요. 자주 못 뵙게 될 거예요. 그러나 어머니, 정희는 씩씩하게 자라날 테니 부디 안심하셔요."(265 - 267쪽)

　　먼저 1)은 정희와 항상 대립 관계에 있는 금란이 정희를 자신의 집으로 데리고 가 피아노 실력을 과시하며 정희는 학생 같고, 자신은 선생 같다는 우월감을 느끼게 되는데, 잠시 자리를 비운 사이 정희가 사변 전에 피아노 연습을 하던 때를 생각하고 충동적으로 피아노를 치자, 그 소리를 들은 금란이 화를 내는 장면이다. 이 작품에서 금란은 가정에서 피아노 교습을 받을 정도로 물질적으로 부유한 생활하며 정희를 무시하는 태도로 일관하여 항상 정희와 대립하는 인물로 서술되고 있다. 정희는 가난하지만, 능력이 있고 매사에 당당하게 임하는 인물인 반면, 금란은 이러한 정희를 시기하고 질투하며 부유한 가정환경을 내세워 정희를 얕잡아 보는 인물이다. 정희와 금란의 이러한 길항관계는 전쟁으로 말미암은 상실과 고난의 사회적 상황과 밀접한 관련을 맺는다고 할 수 있다.

정희는 금란과 갈등 관계에 놓일 때마다 사변 전의 유복하고 단란했던 자신의 가정을 생각한다. 인물의 이러한 시간 역전의 회상은 결국 전쟁이 가정의 평안을 파괴하고 어린이들에게 가난의 고통과 시련을 안겨주었음을 환기하는 역할도 하지만, 궁극적으로는 전쟁으로 인해 모든 것을 잃어버리고 상실감과 절망감에 빠져 있을 많은 어린이들에게 당당한 어린이상을 부각시키려는 작가의 의도와 맞닿아 있는 서사 전략이라고 할 수 있다. 그러나 이와 같은 인물의 존재 방식은 정희의 가난한 생활과 금란의 부유한 생활이 이들의 성격이나 대립관계를 결정하거나 조장하는 주된 원인이라는 왜곡된 가치관을 심어줄 수 있다는 문제를 야기한다. 물론 정희와 금란이 결말 부분에 이르러서는 서로 이해하고 화해하는 이상적인 모습을 보여줌으로써 결국 정희와 금란의 대립관계를 통해 동심에 인간다움의 품성이 어떠한 것인가를 심어주려는 서사 전략일 수도 있지만, 그보다 가난한 삶은 선하고 부유한 삶은 선하지 않다는 편견을 심어줄 가능성이 더 크다는 것이다.

이에 비해 2)는 어려운 처지에 놓이게 된 정희를 가까이서 위로하고 격려하며 함께 그 어려움을 이겨내려는 친구들의 우정을 서사화하고 있는 장면이다. 정희의 어머니는 국제시장에서 옷감을 파는 일을 하고 있는데, 국제시장에 큰불이 났고 그 뒤로 어머니의 행방을 몰라 정희가 애를 태우며 어머니를 찾아다니지만 찾지 못하고 집에 돌아와 기진하여 있는데, 명순이가 찾아와 정희를 위로하며 용기를 북돋워 주고 있다. 그리고 춘식이 역시 정희의 어머니를 찾아 동분서주한다. 명순과 춘식은 정희와 가장 돈독하게 지내는 인물들로서 정희가 어려움에 처할 때마다 정희의 입장과 진실을 이해하고 옹호함으로써 친구들과의 갈등을 해소시키기 위해 노력하는 인물들이다. 특히 명순은 정희가 큰어머니와 사촌들의 괄시와 모욕을 이기지 못해 죽을 것을 결심했을 때도 정희를 찾아 용기를 주고 자신의 집에서 함께 살도록 어머니를 설득하여 정희가 담배 장사를 하며 고학을 하도록 도와준다. 친구들 간의 이러한 인정과 우정은 동심이 지녀야 할, 동심에게 채워 주어야 할 인간적 가치라고 할 수 있다. 어려운 처지에 놓인 친구의 입장을 이해하고 보듬으며, 그 친구의 진실을 신뢰하고 희망을 갖도록 격려하는 명순의 발화는 전쟁이 세계와 인간에 대한 인지를 조숙화시키는 경향이 있다는 사실을 감안하더라도 작가(내포작가) - 서술자의 의도가 틈입하고 있다는 인상이 짙다. 그러함에도 불구하고 정희를 위하는 명순의 발화는 웅숭깊은 인간주의의 기본을 느끼게 하는 표상이기에 더욱 값지다고 할 수 있다.

3)은 어른들이 어린이들의 삶을 억압하고 구속하여 그들의 삶을 어떻게 파괴하고 왜곡시킬 수 있는가를 성찰하게 하는 서사 단위이다. 정희는 어머니가 죽자 큰집에 가 생활하게 되지만, 큰아버지와는 달리 큰어머니와 사촌들(경자, 경식)은 정희를 식모로 취급하여 정희가 학교에도 가지 못하는 상황에 처하게 된다. 정희를 냉대하고 괄시하는 큰어머니의 행동은 분명 어른들과 어린이들의 비인간성이나 이기심 등을 비판할 수 있는 근거로 작용한다. 가정이 해체되고 그로 인해 동심이 상처를 받고 세상 타넘기의 고통에 직면할 수밖에 없는 전쟁 직후의 상황을 고려한다면 큰어머니는 어른 세계의 비인간성을 노출하고 있는 인물이다. 그러니까 큰어머니가 정희에게 가하는 폭력성은 어른 세계의 탐욕과 어린이 세계의 순진이

충돌하는 삶의 음험한 실상이라고 할 수 있다. 따라서 이 작품에서 드러나는 인물들의 대립구도는 어린이에게는 고난을 극복하고 희망의 미래를 열어나갈 수 있는 의지를 불어넣어 주는 동시에 어른들에게는 전후의 파국적인 상황에서도 어린이를 감싸고 격려하며, 자신의 자식처럼 사랑할 수 있는 가치를 모색하도록 촉구하는 것이기도 하다. 정희의 행위에만 초점을 맞추어 이 작품의 의미를 규정할 경우 담론구조가 생성하는 소통의 의미를 제한하거나 축소하는 오류를 수반하기 쉽다. 정희의 안타까운 처지를 이해하고 정희를 위로하고 도와주는 큰아버지와, 황막한 세상에 남겨진 어린이를 감싸고 격려하며, 자신의 자식으로까지 받아들이는 소위 어머니의 따뜻한 가족애의 실천은 전쟁 직후 어른의 세계가 어린이들에게 보여주어야 할 진정한 가치를 표상하고 있는 것이다.

4)는 소위 오빠의 어머니가 정희를 데리고 큰집으로 가 정희를 데려가 잘 기르겠다고 허락을 청하는 장면이다. 자상함과 배려심, 그리고 조심성이 묻어나는 발화는 그녀의 넓고 자상한 인간주의의 바탕을 드러내는 성격 지표라고 할 수 있다. 정희와 관련하여 소위 오빠의 어머니를 '인물 창조의 두 가지 원칙, 즉 이식(transplanta-tion)과 순화(acclimatization)'[18]의 측면에서 보면 작품의 분위기를 극적으로 전환시키는 역할을 함으로써 알맞게 이식되어 있지만, 스토리 구조와 주제의식, 다른 작중인물, 작품 전체의 분위기 등과 조화를 이루어야 하는 순화의 원리에서 보면 다소 작위적이라는 허점을 드러내고 있다. 이는 그만큼 구성이 치밀하지 못하다는 이야기

---

18) E. M. Forster, *Aspects of the Novel*, Penguin Books, 1972, 73쪽.

일 수도 있다.

그러나 이 작품에서 새 어머니는 정희가 시련과 고통에 굴하지 않고 더욱 당당하게 살아가도록 격려하고 용기를 주고자 하는 인물로서 인간적인 가치를 '실천'[19]하는 모성애의 중요한 표상성이다. 결국 발화자로서의 내포작가는 인물을 통제하는 기능은 물론이고 때로는 서술자까지도 조정하는 기능을 한다는 점을 고려하면, 이러한 인물의 창조는 어린이들에게는 무엇보다 어른들의 관심과 사랑이 절대적이고 절실하다는 점을 사회 전반에 소통시키고자 하는 내포작가의 의도와 맞닿아 있다고도 볼 수 있다. 특히 이 어머니의 성격이 매우 자상하며 인간적이고 신중하다는 것이 주로 대화를 통해 객관화되어 생동감과 신뢰감을 높이고 있다는 점은 이 작품의 공이라고 할 수 있다.

5)는 이 작품의 결말 구조로 주제를 암시하는 핵심 서사단위라고 할 수 있다. 새 어머니로 말미암아 정희는 그 동안 갈등을 빚었던 친구들과 화해하고 새 어머니가 살고 있는 고장의 학교로 전학을 가기 전 어머니의 무덤에 들러 친구들과 '해바라기씨'를 심으며 우정을 다짐하고 돌아가신 어머니에게 씩씩하게 자라날 것을 다짐하고 있다. 이렇듯 소위 오빠의 어머니가 정희를 거둠으로써 정희의 시련과 갈등이 모두 해결되고 있다는 사실은 정희가 죽음을 생각할

---

19) '실천'은 인류가 객관적 실재를 변혁시켜 나가는 사회적 과정의 총체이다. 실천은 사회적으로 통합된 인간이 자신의 자연적, 사회적 환경을 변화시키기 위해 행하는 '대상적 활동'이며 '일체의 행동'이다. 실천은 주체, 즉 사회적으로 조직된 인류와 객체, 즉 주체의 실천적 작용이 가해지는 객관적 실재의 영역이라는 두 관계항 사이에서 이루어진다. (한국철학사상연구회 편, 『철학대사전』, 동녘, 1987, 778쪽.)

정도로 고통을 당하고 친구들과 갈등했던 가장 근본적인 원인이 가정이 붕괴되고 가족이 해체되었다는 데 있음을 의미하는 것이고, 이는 한국전쟁 직후의 역사적·사회적 현실의 당면 문제와 직결되어 있는 것이다. 그렇기 때문에 가족관계의 복원과 가족애의 회복이 전쟁 직후 온갖 시련과 고난에 직면한 동심의 표상이라고 할 수 있는 정희를 구원할 수 있는 것이다. 그리고 이러한 서사 축이 바로 「해바라기 피는 마을」의 주제의식을 더욱 고양시키는 것이다.

요약컨대 「해바라기 피는 마을」의 인물의 길항관계는 어린이에게 시련이나 고난을 극복해 나갈 수 있는 의지를 고취하는 한편, 친구 간의 우정과 같은 인간적 연대감을 동심에 불어넣어 주고자 하는 기능을 수행하고 있다. 또한 인물들의 담론은 한국전쟁 직후 가족의 해체라는 역사적·사회적 당면 문제를 제기하는 동시에 가정의 복원과 가족애의 회복이 동심을 반듯하게 그리고 희망차게 일으켜 세울 수 있다는 교육적 의미를 생성한다. 이런 의미가 충족될 때만이 어린이들이 씩씩하고 당당하게 화합하며 희망적으로 살아갈 수 있음을 인물들은 보여주고 있는 것이다.

3. 양가적 초점화와 인물지향적 서술

허구적 서사물로서의 소설이나 동화는 일정한 이야기를 내포한 서사 구조로서 사건을 담은 이야기와 그 이야기를 전하는 소통 과정을 전제한다. 그리고 이론가들은 그 서사의 소통 경로에서 이야기를 조직하고 전달하는 방식으로서 시점을 서사 형식 이론의 주요 개념으로 인식해 왔다. 지금까지 시점의 개념은 서술자의 지각적 측면과 화법적 측면을 강조하는 서술자 중심에서, 그것을 넘어서 작중 상황을 바라보고 판단하는 작가 또는 서술자의 관념적 태도까지를 아우르는 작가의 서술 전략, 혹은 소통 방식으로 확대되어 왔다. 이러한 시점 개념은 대체적으로 서술자의 발화 방식과 서술자의 지각 방식, 작가 또는 서술자의 관념적 태도 등으로 나누어 볼 수 있다.

그런데 서사학의 기본 목표는 기호 체계와 의미화 행위, 그리고 해석까지 지배하는 제 원리를 기술하고 설명하는 데 있다.[20] 따라서 서사학의 시점 개념에서는 작가 또는 서술자의 관념적 태도가 배제될 수밖에 없고, 결국 서사학은 서사체의 담론체계 자체가 작가 자신의 사회적, 역사적 맥락에 의거하고 있음을 간과하고 있다. 이는 위르겐 슈람케 등이 비판하고 있는 것처럼[21] 경험적 작가가 왜 그러한 서술자를 내세웠고, 어떠한 서술태도를 보이고 있는가와 같은 작품의 창작 과정을 무시하는 오류를 범하고 있는 것이다. 따라서 생산적인 시점 개념이 되기 위해서는 '누가 말하는가' 또는 '누가 보는가'의 차원을 넘어 '어떻게 보는가'와 관련된 작가의 관념적 태도를 고려할 필요가 있다.

이에 대하여 시점 개념의 외연을 좀더 구체적으로 좁혀 놓은 쥬네뜨는 종래의 시점 개념이 '누가 보는가'와 '누가 말하는가'라는 전

---

20) Gerald Prince, 『서사학』, 최상규 역, 문학과지성사, 1995, 243 - 245쪽.
21) J. Schramke, 『현대소설의 이론』, 원당희·박병화 역, 문예출판사, 1995, 25쪽.

혀 다른 문제 사이에서 커다란 혼란을 겪어왔다며, '누가 보는가'라는 서술자의 지각적 측면을 '초점화(focalization)'로 분리하여 시점의 개념에서 제외시키고 '누가 말하는가'와 연관된 어법적 표현 양태인 태만을 시점 개념으로 설정하였다.[22] 이후 미크 발과 리먼-캐넌, 툴란 등은 쥬네뜨의 초점화 이론을 긍정적으로 수용하기에 이르는데, 특히 이들은 쥬네뜨의 초점화 구분에서 초점화의 주체가 분명하지 않음을 지적하면서 초점화를 초점 주체와 초점 대상으로 구분하여 논할 것을 제안하고 있다. 따라서 쥬네뜨의 '초점화'와 '시점' 이론, 즉 '누가 보는가'와 '누가 말하는가'에 랜서나 우스펜스키 등의 시점 이론[23]을 적용하여 '어떻게 보는가'라는 실제 작가의 관념적 태도를 감안해야 '작품의 창작 과정'을 드러내는 실제적인 시점 개념이 될 수 있을 것이다.

쥬네뜨의 초점화와 작가 - 서술자의 서술태도까지를 고려하는 시점 이론 적용해 보면, 「해바라기 피는 마을」은 비-초점화의 전지적 서술이 주를 이루는 가운데 외적 초점화와 내적 초점화의 서술 양상을 보이고 있다. 이러한 서술 양상은 '이야기밖 서술-제로 초점화-남의 이야기'[24]의 서술에서 드러나는 특징을 그대로 보여주고 있는 것이다. 그리고 서술자는 정희와 그녀에게 우호적인 태도를 보이는

---

22) Gérard Genette, *Narrative Discourse: An Essay In Method*, trns., J. E. Lewin, Ithaca; Cornell Unive. Press, 1980, 189 - 194쪽.

23) S. S. Lanser, *The Narrative Act; Point of View Prose Fiction*, Prinston Unive. Press, 1981. 4장 참고. B. Uspensky, 『소설 구성의 시학』, 김경수 역, 현대소설사, 1992. 1장 - 5장 참고.

24) Gérard Genette(1988), *Narrative Discourse Revisited*, trans., J. E. Lewin, Ithaca; Connell University Press, 128쪽.

친구들이나 어른들을 긍정적이면서 비중 있게 서술하고 있으며, 그들에 대한 초점화의 빈도 역시 그들과 대립 관계에 있는 다른 인물들보다 압도적으로 많다.

1) 정희는 금란이가 피아노 치는 것을 물끄러미 바라보고 있었습니다. 문득 사변 전 생각이 났습니다.
　⊙'6 · 25 사변만 일어나지 않았으면 내 피아노도 그냥 있었을 텐데⋯⋯. 사변은 우리 집을 태우고 내 피아노를 없애고 우리 아버지를 끌어가고⋯⋯.'
　ⓛ"자, 어서 노래를 불러!"
　금란이가 '나의 살던 고향'을 쳤습니다. 정희는 ⓒ지난날의 슬픈 생각을 잊어버리기 위해서 흥 안 나는 노래를 불렀습니다. ⋯〈중략〉⋯
　ⓔ정희와 반대로 금란이는 지금 막 신이 났습니다. ⓜ자기 피아노에 맞추어 노래 부르는 정희가 어쩌면 학생 같고, 자기는 선생같이 느껴졌습니다. 금란이는 자기 있는 재주를 전부 정희에게 털어 보이고 싶었습니다.(120쪽)

2) "정희야!"
하고 명순이가 두 번째 찾아왔을 때는 소풍 갔던 경자와 경식이가 다 집에 돌아왔을 때입니다.
"누구냐?"
하는 것은 뜻밖에도 경자가 아니겠습니까?
"애, 정희 아직 안 돌아왔니?" / "내가 알 게 뭐냐?"
명순이는 무어라고 대답했으면 좋을지 몰라, 대문간에 ⊙우두커니 서 있었습니다. 거기 이번엔 경식이가 나왔습니다.
"애, 경식아! 너 정희 어디 갔는지 모르니?" / "몰라, 난." / "언제쯤 돌아올까?" / "내가 알 게 뭐야." / "죽지 않으면 곧 돌아올 테지 뭐."(201-202쪽)

3) "연극이야 정희가 뽑히지 않았어요? 참, 선생님! 정훤 인제 학교에 안

나오나요?"

"그렇지 않아도 어제 그 이야기가 나왔지. 아마 내일쯤 사람을 시키게 될 거다. 너 연극 해 볼래?"

"누가 시켜 줘야죠." / "넌 연극이 늘 하고 싶은가 보구나."

"아무렴, 정희만큼이야 못 할라구요. 연습만 충분히 하면 문제없어요. 그렇지만 우리 반 선생님은 정희를 제일 사랑해요."

"그렇지만 정희가 안 한다면 문제는 다르지." / "참, 내가 연극을 한다면 의복도 근사한 걸 입을 텐데요." / "연극에 나오는 애는 가난한 애니까, 좋은 옷은 필요 없을 거야."

"그래서 담임선생님이 정희를 뽑았나 보지요?"(225쪽)

4) 이번 예선에 백합 국민 학교는 독창 한 종목과 연극이 뽑혔을 뿐입니다. ㉠금란이의 피아노 독주는 예선에도 못 들었습니다.

마지막 날 연극엔 세 학교가 참가했습니다. 예선에서 한 번씩 한 결과를 보아 백합 국민 학교가 그렇게 성적이 뒤떨어질 것 같지 않았지만, 모두 비슷비슷했기 때문에 도무지 마음을 놓을 수가 없었습니다.

㉡"정희야, 좀더 침착히 해라. 네가 정말 그런 처지에 있는 것처럼 생각하고, 응?" / "네!" … 〈중략〉 …

㉢정희의 혼자말이 시작되자 관중석은 물을 끼얹은 듯 조용해졌습니다. ㉣정말 정희는 오늘 침착했고, 처음부터 자신 있는 연기를 보여 주었습니다. 늦게 집으로 돌아오는 동생(춘식)을 꾸짖으며 우는 누나, 억울하지만 꾹 참는 춘식이……. ㉤관중석에선 여기저기서 쿨쩍쿨쩍 소리가 연신 들려왔습니다.(234 - 237쪽)

5) 이튿날, 금란이는 세 번째에, 정희는 네 번째에 출연하게 되었습니다. ㉠금란이의 피아노 독주가 끝났을 때, 우레 같은 박수 소리가 났습니다. 그것은 백합 학교 합창단 학생들이 자기 학교에 보내는 응원의 박수였습니다. 정희는 가슴이 두근거렸습니다. … 〈중략〉 …

처음엔 지정곡을 ⓛ거침없이 쳐 버렸습니다. 그 다음엔 자유곡. 자유곡
은 ⓒ그야말로 멋들어지게 쳐 넘겼습니다. 손을 멈추고 의자에서 일어나
무대 앞에 나와 인사를 했을 때, ⓔ아까 금란이 적보다 더 요란한 박수 소
리가 울려 나왔습니다. 인사를 하고 나오려는데, 춘식이가 커다란 꽃다발을
가지고 나왔습니다. 뒤이어 명순이도 꽃다발을 들고 나왔습니다. 정희는
양 손에 꽃다발을 들고 무대 뒤로 나왔습니다. (280-281쪽)

위의 예문들은 「해바라기 피는 마을」의 초점화 양상과 함께 내포
작가 / 서술자의 인물지향적 서술태도를 보여주는 서사 단위들이다.
1)은 초점 주체와 서술 주체가 달라지는, 표면적으로는 3인칭의 내
적 초점화에 해당하는 서사 장면이다. 즉 초점화의 양상과 표면적
인 어법상의 서술 방식을 연계해서 보면, 1)의 초점화는 인물인 정
희가, 서술은 3인칭의 서술자가 수행하고 있다. 이렇게 초점 주체
와 서술 주체가 분리되는 경우는 내적 초점화에서 이종서술로 이행
할 때만이 가능하다. 이때의 3인칭 서술은 표면적으로만 3인칭 서
술일 뿐, 실제로는 1인칭 서술과 다름이 없는 것이다. 그렇기 때문
에 ㉠과 ⓒ의 심리 서술이 가능한 것이다. 그런데 ㉠과 ⓒ은 어법적
으로는 상이한 서술방식을 취하고 있다. ㉠은 인물의 내적 독백을
직접 인용한 서술이고, ⓒ은 인물 언어의 서술화에 해당하는 서술
이다. 이러한 내적 초점화는 정희나 금란이 소위 오빠의 어머니 등
여러 인물에 걸쳐 나타나는 가변 초점화의 양상을 보이고 있다. 「해
바라기 피는 마을」에서는 주로 내적 초점화의 서술 양상이 지배적
으로 나타나는데, 이러한 서술 방식은 이 작품이 그만큼 서술자와
인물이 교호하고 있으며 인물지향적인 서술태도를 견지하고 있음을
드러내 주는 시점 지표이기도 하다.

특히 1)의 예문에서 서술자는 정희와 금란의 상이한 심리 상태를 부각시키고자 하는 서술태도를 보이고 있다. 먼저 ㉠은 정희의 내적독백으로서, 금란이가 정희를 자신의 집에 데리고 와서 자랑 삼아 피아노를 치는데, 그 모습을 보면서 사변으로 파괴되고 손상된 자신의 가정과 가족관계를 회상하고 있는 서사 단위이다. 이 회상의 내적독백은 '화자인 나와 청자인 나 사이에서 〈내적인 언어〉로 표명되는 내면화된 대화'25)로서 전쟁 전의 단란했던 가정과 전쟁 후의 상처 난 자아와 열악해진 생활환경을 확인하며 안타까워하는 동시에 독자들에게 정보를 전달하여 연민의 정서를 유발하는 기능을 수행한다. 특히 ㉢에서는 전쟁으로 가정이 파괴되고 그로 인해 위축되고 자신감을 상실한 정희의 내면을 형상화하고 있다. 반면에 정희에게 명령하는 듯한 금란의 ㉡ 발화에는 생활환경의 우위를 통해 정희보다 우월하다는 것을 과시하려는 금란의 우월의식이 드러나며 이 발화는 금란의 과시적인 내면을 서술하고 있는 ㉣과 호응하고 있다. ㉡과 ㉣에서 나타나는 금란의 우월감과 과시욕의 내면을 일반화하여 서술자가 비-초점화하여 서술하고 있는 서사소가 바로 ㉢이다.

이러한 상이한 내면과 처지의 대비적 서술은 작가의 두 가지 의도가 서술태도의 경로를 거쳐 반영된 결과라고 할 수 있다. 전쟁의 파괴성으로 말미암아 생활사와 가족사가 왜곡된 정희의 처지를 부각시켜 이후 시련과 고통을 감내하고 극복하려는 의지를 펼쳐 보이는 정희를 통해 당대 어린이들에게 좀더 적극적이고 의지적인 동심

---

25) 에밀 뱅베니스트, 『일반언어학의 제문제』II, 황경자 역, 민음사, 1992, 104쪽.

을 심어주려는 의도가 첫 번째일 것이고, 동심 가운데에 자리할 수 있는 우월감이나 멸시감과 같은 반인간인 심성을 경계하고 서로 옹호하고 신뢰하는 인성을 동심에 심어 주고자 하는 의도가 그 두 번째일 것이다.

2)에서는 정희의 사촌들이 정희를 멸시하는 태도를 대화체로서 형상화하고 있다. 정희가 다녔던 학교에서 소풍을 가는 날, 사촌인 경자와 경식은 소풍을 가는데, 정희는 소풍도 가지 못하고 큰어머니가 하라는 대로 빨래를 하러 갔다가 오후에 돌아오자 쉴 틈은커녕 점심 먹으라는 말도 없이 큰어머니가 또 심부름을 시켜 정희는 심부름을 간다. 한편 명순은 선생님께 몸이 아프다는 핑계를 대고 정희를 만나러 정희의 큰아버지 댁에 왔지만 정희를 만나지 못하고 뒤돌아갔다가 다시 찾아와 사촌들에게 정희의 행방을 묻고 있는 것이다. 주로 외적 초점화로 이루어진 이 장면은 정희가 심부름을 간 동안, 정희가 사는 큰아버지 댁에서 일어난 일을 서술자가 초점화한 서사 단위이다.

이 서사 장면은 경자와 경식이 얼마나 정희를 무시하고 멸시하는지를 그들의 발화를 통해 객관적으로 보여주고 있다. 더욱이 ㉠의 양태 부사를 통해 정희에게 가장 우호적인 인물인 명순이 경자와 경식의 뜻밖의 반응에 적잖이 어리둥절하고 의아해 하는 모습을 부조해 내고 있다. 정희의 어려운 처지와 정희를 생각하는 명순의 살가운 마음씨, 그리고 친척 간임에도 정희를 업신여기는 경자, 경식의 태도가 대극을 이루게 함으로써 동심이 지켜야 할 정당한 가치가 무엇인지를 일깨우고 있다. 1950년대 한국전쟁 직후, 파괴된 생활환경과 분해된 가치, 그리고 손상된 삶의 역경에서 동심의 가치로움이 어디를 지향해야 하는지를 보여주고 있다는 점에서 이러한 서술태도는 강소천 동화의 일관된 주제의식의 심층 구조라고 할 수 있다.

3)은 금란이 자신에게 피아노를 가르쳐 주는 허 선생님과 대화를 나누는 장면으로서, 대화체로만 이루어져 있다. 이 장면은 초점 주체와 서술 주체가 동일한 외적 초점화의 서술 양상을 보이고 있다. 금란의 편협하고 그릇된 생각이 그녀의 발화를 통해 간접적으로 제시되고 있다. 정희는 큰어머니의 구박으로 학교조차 다니지 못하는 상황에서 사촌들에게 멸시까지 당하자 죽기로 결심하지만 명순의 도움으로 마음을 돌려 고학이라도 하리라 다짐하는데, 금란은 정희의 이러한 처지에는 아랑곳하지 않고 정희에게 돌아간 연극의 주인공 자리를 탐내고 있다. 금란의 발화에서 주목해야 할 점은 금란이 정희를 질시하는 까닭에 담임 선생님의 마음까지 왜곡하고 있으며, 물질적으로 정희보다 잘 산다는 것을 내세워 정희를 이겨 내려는 반동심적 태도이다.

동심은 분명 양가적 속성을 띤다. 다시 말하면 동심은 사랑과 미움, 호의와 질투, 관심과 시기, 내 편과 네 편식의 편 가르기 등과 같은 대척점의 심리 상태를 도덕적이거나 윤리적인 가치 기준으로 자제하고 통제할 수 있는 능력을 온전히 갖추고 있지 못하다. 금란이 결말 구조에 가서는 정희와 화해한다는 사실에 비추어 보면, 금란의 발화를 초점화하여 보여주고 있는 서술 방식은 결국 자기중심적이거나 이기적이고 시기심이 많은 동심을 경계하고자 하는 서술 태도에서 비롯한 것이라고 할 수 있다. 묘사와 대화는 외적 초점화의 서술 방식으로서 서술자가 전혀 개재하지 않는 서술이라지만,

묘사나 대화 역시 서술 국면에서 서술태도에 따라 조종된 서술 방식이고 그 서술태도는 작가 혹은 내포작가의 관념적 태도가 결정하기 때문이다.

4)는 외적 초점화와 전지적 서술상황의 비 - 초점화(제로 초점화)로 이루어진 서사 장면이다. 이 서사 장면은 서술자가 외적으로 초점화하여 어린이 예술제의 결과와 진행 상황을 보고 형식으로 서술하는 한편, 서술자가 전지적 입장에서 정희가 출연하는 연극의 관람석 분위기와 정희의 연기력을 직접 평가하여 서술하는 방식을 취하고 있다. 이렇듯 정희와 금란을 서술하는 방식은 같지만 인물을 바라보는 서술태도와 서술자가 전달하는 정보의 질이 상이하다. 정희와 대립관계에 있는 금란의 피아노 독주에 대해서는 서술자가 요약적으로 서술하면서 ㉠의 '예선에도 못 들었다'와 같이 그 결과만을 서술하는 가운데 다소 냉소적이면서도 비판적 태도를 보이고 있다. 특히 ㉠의 서술은 금란이 소질과 능력에 그만큼 한계가 있음을 알려주는 서술 지표라고 할 수 있다.

그런가 하면 연극에 출연하는 정희에 대해서는 출연하기 전 정희를 격려하는 선생님의 대화를 외적 초점화하여 직접 인용하고 있으며, 정희의 연기에 모든 관객이 집중하고 있음을 ㉡에서처럼 우호적으로 서술하고 있다. ㉡의 '물을 끼얹은 듯 조용해졌습니다.'의 비유적 표현은 객관적인 표현이라기보다는 서술자의 주관적 표현에 더 가깝다는 점에서 정희의 연기력을 부각시키려는 서술자의 의도적 서술이라고 할 수 있다. 이와 같은 추론은 서술자가 직접 정희의 연기 태도와 연기력을 매우 긍정적으로 평가하여 서술하고 있는 ㉢과 정희의 연기에 감동한 관중석의 분위기를 전하는 ㉣을 통해 그 타당성을 확보할 수 있다. 서술 방식에 드러나는 이러한 차이점은 서술자가 일차적으로 정희에게 집중하고 있으며, 정희를 우호적이고 긍정적으로 부각시키고자 하는 서술태도에서 말미암은 결과라고 할 수 있다.

초점화 양상과 서술태도에서 드러나는 인물지향성은 예문 5)에서 좀더 확연하게 살펴볼 수 있다. 5)는 전체적으로 보면 비-초점화로 이루어진 서술 장면이다. 그런데 ㉠은 금란의 피아노 독주가 끝난 뒤의 관람석 반응이 그리 대단하지 않았음을 분석적으로 서술하고 있다. 우레와 같은 박수 소리가 결국 금란이 다니는 학교 학생들의 박수 소리에 지나지 않았다는 것이다. 이와 같은 평가적 서술태도는 서술자와 금란의 거리감을 확인할 수 있는 근거라고 할 수 있다. 이에 비하여 ㉡과 ㉢, ㉣은 서술자의 서술태도가 틈입한 서술양상을 보여주고 있다. 특히 '거침없이', '그야말로 멋들어지게', '금란이 적보다 더 요란한' 등의 평가적 언어 지표는 금란이보다는 정희를 더 우월하게 인식하고 있는 서술태도를 그대로 반영하고 있는 것이다. 정희를 금란이보다 더 우월하게 인식하고 있는 서술태도는 서술자가 금란에 관해서는 요약적으로 서술하는 반면, 정희에 관해서는 연주하기 직전의 심리적 상황이나, 정희를 격려하는 선생님의 발화 등 구체적인 장면을 초점화하여 서술하고 있다는 데서도 확인할 수 있다.

「해바라기 피는 마을」의 인물관계는 '정희 / 금란'의 대립관계로 범주화할 수 있을 것이다. 이러한 대립관계를 중심으로 한 양가적 초점화와 인물지향적 서술태도는 결국 동심에 내재할 수밖에 없는 '선 / 악', '사랑 / 미움', '신뢰 / 시기', '베풂 / 탐욕' 등의 양가성에 주목하고, 고난을 극복해 가는 의지와 서로 이해하고 도와주는 사랑의 마음, 미래를 향하는 용기와 희망 등의 가치를 동심에 심어주고 어린이들이 희망차게 살아가는 데 바탕이 되는 가정과 가족애의 회복이 동심의 의지 못지않게 중요함을, 전쟁 직후의 황폐한 사회에 소통시키고자 하는 작가의 관념적 태도에서 비롯한 서술방식이자 서술전략이라고 할 수 있다. 작가야말로 서술국면에서 작품의 내적 발화 주체들에게 발화를 배당하는 조종 주체이기 때문이다. 초점화와 시점의 관점에서 볼 때 「해바라기 피는 마을」의 서술자는 아동들에게 '작가 스스로 아름다운 꿈을 주기 위해서 동화를 썼다'[26]는 작가의 관념적 태도와 일치하며 인물보다 우위에 있는 존재임을 확인할 수 있다.

이렇듯 「해바라기 피는 마을」은 주로 비-초점화와 외적 초점화, 내적 초점화 등의 다원적인 초점화 양태, 그리고 서술자의 분석적이고 가치평가적인 서술태도를 통해 전쟁으로 상처 나고 훼손된 동심을 인간적인 가치를 고취하여 치유시키는 동시에 그 동심을 따뜻하게 보듬어 줄 수 있는 가정과 가족애를 회복시켜 주는 것이 동심을 더욱 희망차게 만드는 길이라는 당위적 가치를 일깨워 주고 있다. 특히 고아가 된 정희가 혼자의 힘으로 현실의 고난과 시련을 극복하는 데는 일정한 한계가 있을 수밖에 없기 때문에 다소 작위적이라고 평가할 수 있지만, 가정과 가족애, 또는 모성애를 회복하는 서사 단위의 형상화는 이 작품에서 간과해서는 안 될 핵심적인 주제 층위라고 할 수 있다.

---

26) 강소천, 〈지상강좌〉, 《새교육》, 1956, 82쪽.

Ⅲ. 결론

지금까지 강소천의 장편동화 「해바라기 피는 마을」을 스토리 구조와 시간성, 인물의 길항관계와 교술성, 양가적 초점화와 인물지향적 서술 등으로 나누어 분석하여 강소천 장편동화에 나타나는 일단의 서사학적 특질을 규명해 보았다.

먼저 「해바라기 피는 마을」은 정희의 서사소에 초점을 맞추어 시간적 담론의 결말 구조를 지향하는 단일한 스토리 구조를 형성하고 있다. 이 작품은 고난을 극복하고자 하는 정희의 의지를 부각시키고 있다. 또한 새 어머니와 모녀관계를 맺음으로써 정희가 새로운 용기와 자신감을 얻게 되며, 친구들과도 갈등을 해소하여 다함께 희망에 찬 미래를 열어나갈 것을 다짐하는 서사 단위는 가정과 가족애가 동심에게 끼치는 영향이 얼마나 절대적인가를 새삼 일깨우고 있다.

그리고 이 작품의 서사 축이라고 할 수 있는 인물의 길항관계는 어린이에게 시련이나 고난을 극복해 나갈 수 있는 의지를 고취하는 동시에 친구간의 우정과 같은 인간적 연대감을 동심에 불어넣어 주는 기능을 수행하고 있다. 또한 인물들의 담론은 한국전쟁 직후 가족의 해체라는 역사적·사회적 당면 문제를 제기하는 동시에 가정과 가족애의 회복이 동심을 반듯하게 그리고 희망차게 일으켜 세울 수 있다는 교육적 의미를 생성한다.

「해바라기 피는 마을」은 주로 비-초점화와 외적 초점화, 내적 초점화 등의 다원적인 초점화 양태, 그리고 서술자의 분석적이고 가치평가적인 서술태도를 통해 전쟁으로 상처 나고 훼손된 동심을 인간적인 가치를 고취하여 치유시키는 동시에 그 동심을 따뜻하게 보듬어 줄 수 있는 가정과 가족애를 회복시켜 주는 것이 동심을 더욱 희망차게 만드는 길이라는 당위적 가치를 일깨워 주고 있다.

그러나 이러한 성과에도 불구하고 정희와 금란의 대립관계를 통해 가난한 삶은 선하고 부유한 삶은 선하지 않다는 편견을 심어줄 가능성을 유발하고 있다는 점, 정희와 소위 어머니가 새로운 모녀 관계를 맺는 과정이 다소 작위적이라는 점, 너무 선/악의 이분법적 서술태도에 집착하고 있다는 점 등은 이 작품의 한계라고 할 수 있다.

/참고문헌/

1. 기본자료

박철수 감독,《오세암》, 태흥영화주식회사, 1990.

성백엽 감독,《오세암》, 마고 21, 2002.

소천 아동문학상 운영위원회 엮음,「해바라기 피는 마을」,『강소천 아동문학 전집』6권, 교학사, 2006.

이강현 연출,《五歲庵》(傳說의 故鄕), KBS, 1999.

정채봉,『오세암』, 창작과비평사, 1986.

한국정신문화연구원,『한국구비문학대계』(2 - 4) 강원도 속초시·양양군편(1), (2 - 5) 강원도 속초시·양양군편(2), (2 - 8) 강원도 영월군편(1), (2 - 9) 강원도 영월군편(2), (7 - 9) 경상북도 상주군편, (7 - 14) 경상북도 상주군편.

2. 단행본

김용희,『디지털 시대의 아동문학』, 청동거울, 2005.

레지스 드브레, 정진국 옮김,『이미지의 삶과 죽음』, 시각과 언어, 1995.

로저 파울러, 김정신 옮김,『언어학과 소설』, 문학과지성사, 1985.

루이스 자네티, 김진해 옮김,『영화의 이해』, 현암사, 2007.

서동욱,『들뢰즈의 철학』, 민음사, 2002.

서정남,『영화 서사학』, 생각의 나무, 2004.

스티븐 코핸·린다 샤이어스, 임병권·이호 옮김,『이야기하기의 이론』, 한나래, 2001.

앙드레 고드르 · 프랑수아 조스트, 송지연 옮김, 『영화서술학』, 동문
　　　선, 2001.

에밀 밴베니스트, 『일반언어학의 제문제』 II, 황경자 역, 민음사,
　　　1992.

오명환, 『텔레비전 드라마 예술론』, 나남출판, 1994.

원종찬, 『동화와 어린이』, 창작과비평사, 2004.

이오덕, 『詩精神과 遊戱精神』, 창작과비평사, 2002.

이재선, 『현대소설의 서사시학』, 학연사, 2002.

이진경, 『노마디즘』 1, 휴머니스트, 2007.

인권환, 『한국불교문학연구』, 고려대학교출판부, 1999.

장기오, 『TV드라마 연출론』, 창조문학사, 2002.

전경갑, 『욕망의 통제와 탈주』, 한길사, 1999.

정정호 편, 『들뢰즈 철학과 영미문학 읽기』, 동인, 2003.

정화열, 『몸의 정치』, 민음사, 1999.

조엘 마니, 김호영 옮김, 『시점』, 이화여자대학교출판부, 2007.

질 들뢰즈 / 펠릭스 가타리, 김재인 옮김, 『천개의 고원』, 새물결,
　　　2003.

츠베탕 토도로브, 곽광수 옮김, 『구조시학』, 문학과지성사, 1992.

허버트 제틀, 박덕춘 · 정우근 옮김, 『영상 제작의 미학적 원리와
　　　방법』, 커뮤니케이션북스, 2007.

F. K. Stanzel, 김정신 옮김, 『소설의 이론』, 문학과비평사, 1988.

Stanzel, F. K., 『소설의 이론』, 김정신 역, 탑출판사, 1997.

3. 논문

권중문, 「TV 드라마의 영상표현에 대한 연구」, 『AURA』 12권, 한국사진학회, 2005.

김명희, 「한국 동화의 환상성 연구」, 전주대학교 대학원, 박사학위논문, 2000.

김종민, 「「오세암」의 생산적 수용 양상 연구」, 청주대학교대학원 석사학위논문, 2005.

박성철, 「정채봉 동화 「오세암」과 애니메이션 〈오세암〉 비교 연구」, 부산교육대학교육대학원 석사학위논문, 2008.

선안나, 「1950년대 동화·아동소설 연구」, 성신여자대학교 대학원 박사학위논문, 2006.

신지영, 「들뢰즈의 차이개념」, 한국외국어대학교 대학원 석사학위논문, 1996.

윤오숙, 「각색된 텔레비전드라마와 원작의 비교 연구」, 중앙대학교 신문방송대학원 석사학위논문, 1988.

이선민, 「강소천 동화 연구」, 부산교육대학교 교육대학원 석사학위논문, 2006.

이종호, 「강소천 동화의 서사 전략 연구」, 『동화와번역』 제12집, 2006, 187 - 217쪽.

이종호, 「최인훈의 〈廣場〉 연구」, 『현대소설연구』 제34호, 한국현대소설학회, 2007.

이진우, 「욕망의 계보학」, 『니체연구』 제6집, 한국니체학회, 2004, 117 - 148쪽.

정소은, 「애니메이션 〈오세암〉의 아동매체로서의 의미 분석」, 성균
  관대학교대학원 석사학위논문, 2004.

조미라, 「한국 장편 애니메이션의 서사 연구」, 중앙대학교 첨단영
  상대학원 박사학위논문, 2004.

주창윤, 「텔레비젼 드라마의 형식과 이데올로기」, 한양대학교대학원
  석사학위논문, 1987.

최명숙, 「소설과 영화의 시점 비교 연구」, 충남대학교대학원 박사학
  위논문, 2001.

함윤미, 「강소천 동화의 환상성 연구」, 단국대학교 대학원 석사학
  위논문, 2005.

홍의정, 「강소천 동화 연구」, 한양대학교 대학원 석사학위논문,
  2006.

Chatman, Seymour., *Story and Discourse,* Ithaca: Cornell University
  Press, 1978.

Genette, Gérard., *Narrative Discourse: An Essay In Method, trns.,* J.
  E. Lewin, Ithaca; Cornell Unive. Press, 1980.

/찾아보기/

이 종 호

건국대학교에서 국어국문학을 전공하고 같은 학교 대학원에서 현대문학을 전공하여 석사·박사학위를 받았다. 건국대학교 미디어커뮤니케이션대학 커뮤니케이션문화학부에서 강의하고 있다. 주로 현대소설과 서사학, 한국문학과 영상예술의 통섭에 관심을 갖고 연구하고 있다.

주요 저서
『이무영 소설의 서술시학』, 『우리말 속담사전』, 『한국 현대소설의 서사담론』, 『한국 현대소설 인물사전』 등

주요 논문
「구미호의 '되기/생성' 애니메이션 『천년여우 여우비』 연구」, 「동화와 각색 애니메이션의 서사학적 비교 연구」, 「고전소설 〈뎐우치전〉과 영화 〈전우치〉의 서사구조 비교 연구」, 「서사무가 〈원텬강본푸리〉와 애니메이션 〈오늘이〉 비교 연구」, 「洪命熹의 『林巨正』 研究」 등

한국문학과 영상예술의 서사미학

2013년 10월 25일   초판 인쇄
2013년 10월 30일   초판 발행

지은이   이 종 호
펴낸이   한 신 규
펴낸곳   도서출판 **문현**
주 소   138-210 서울특별시 송파구 문정동 99-10 장지빌딩 303호
전 화   Tel.02-443-0211   Fax.02-443-0212
E-mail   mun2009@naver.com
홈페이지 www.mun2009.com
등 록   2009년 2월 24일(제2009-14호)

ⓒ이종호, 2013
ⓒ문현, 2013, printed in Korea

ISBN 978-89-94131-53-5   93810   정가 18,000원